LES

ÉMIGRANTS EN AMÉRIQUE

2ᵉ SÉRIE IN-8ᵒ.

LES
ÉMIGRANTS

EN AMÉRIQUE

PAR P. LAVAYSSIÈRE

TROISIÈME ÉDITION.

LIMOGES

EUGÈNE ARDANT ET Cⁱᵉ, ÉDITEURS.

INTRODUCTION.

Il existe aux Etats-Unis des sociétés dont le but est de favoriser l'émigration. L'Américain est un peuple éminemment calculateur, entreprenant et audacieux dans ses entreprises ; il a des espaces immenses autour de lui ; ils sont parcourus par les petites nations que les Européens trouvèrent en possession du sol, lors de leur apparition sur le continent américain ; mais, pour le Yankee, ces antiques propriétaires ne comptent pas. Les forêts et les plaines sont comme si elles n'avaient pas d'habitants : ses pionniers poussent toujours en avant, chassant devant eux les vrais propriétaires du sol. Il faut aussi le dire, ce n'est pas sans résistance qu'ils s'approprient des territoires qui formeraient des royaumes en Europe : les Peaux-Rouges exercent quelquefois de terribles représailles, et ne reculent que pas à pas devant ce que les Américains nomment la civilisation. Il faut l'avouer, la civilisation américaine s'étend à coups de fusil contre les indigènes, et à coups de hache contre les antiques forêts de ce que nous sommes convenus d'appeler le Nouveau-Monde. Les premiers conquérants allaient à la chasse des Indiens avec le fusil et des meutes de chiens féroces ; les Yankees ont trouvé un auxiliaire moins effrayant, mais plus utile, pour hâter la destruction des Peaux-Rouges : ils l'ont reçu de leurs ancêtres, les Anglo-Saxons. Cet auxiliaire est l'eau de feu, c'est-à-dire l'eau-de-vie, le gin, les alcools de toutes les dénominations. La destruction s'opère d'autant plus rapidement, que les Peaux-Rouges profitent de toutes les occasions de la hâter, et que, pour un baril d'eau de feu, ils vendent les territoires qui recèlent les os de leurs pères, et ce qui prouve leur rapide dégénérescence, c'est qu'en les quittant, ils ne disent plus comme leurs ancêtres : « Dirons-nous aux os de nos pères : Levez-vous et suivez-nous dans notre exil ? » Non, ils ne tiennent plus ce fier et touchant langage : ils boivent le baril d'eau-de-vie sur le lieu même de là vente, s'endorment dans le lourd sommeil de l'ivresse, quand ils ne se déchirent pas comme des bêtes féroces : lorsque le réveil arrive, ils se lèvent dans leur hébêtement, s'enveloppent d'une sale couverture et s'enfoncent dans les forêts, comme pour y cacher leur honte. Le cri de la conscience ne s'étouffe pas toujours : il arrive souvent qu'au lieu de payer un territoire en eau de feu, on le paie en marchandises. L'escroquerie est moins honteuse ainsi, car, payement en eau-de-vie ou en marchandises, c'est toujours duper les Peaux-Rouges.

Mais ce serait peu, pour un peuple calculateur, d'avoir de vastes territoires sans produits : ceux que les Yankees possèdent ne sont pas garnis d'une population suffisante ; c'est, nous le croyons, le Yankee qui a inventé la réclame. Il y a donc, ainsi que nous venons de le dire, des compagnies organisées pour amener des colons. Les journaux, qui sont payés à tant la ligne, répandent ces réclames dans toutes les contrées de l'Europe : l'Amérique est représentée comme une terre promise, où coulent le lait et le miel ; on ne dit mot des Peaux-Rouges ; il n'y a pas d'individu, tout disposé qu'il

soit à prendre le chemin de cette terre de Chanaan,
qui ne tienne à conserver sa chevelure, blonde,
rouge ou brune : on ne parle donc pas du toma-
hâwk. Les insectes occupent une si petite place
dans la chaîne des êtres, par l'exiguité de leur
taille, qu'il serait superflu de les mentionner. Tout
homme, après une journée de rude labeur, aime
un sommeil paisible ; par la même raison, on passe
sous silence mille autres petits désagréments qu'il
faut supporter quand on est tombé dans la nasse.
Et les compagnies de recrutement attirent chaque
année en Amérique de nombreux émigrants de
toutes les contrées de l'Europe. C'est l'Allemagne
et l'Irlande qui fournissent le plus grand nombre
d'émigrants ; la France, à la population aventureuse,
est peut-être la contrée de l'Europe qui en fournit
le moins.

En touchant à la terre d'Amérique, l'émigrant
commence à faire connaissance avec la réalité. Il
lui faut une patente ; le Yankee le suce jusqu'à la
moelle des os avant de la lui délivrer. Il faut aller
reconnaître sa concession achetée ; mais le pays est
neuf, il n'a ni bornes ni limites tracées. Il tombe
entre les mains des arpenteurs, notez que ce sont
des arpenteurs américains. Il faut des avances pour
construire, abattre les arbres, défricher un sol
vierge, et attendre que le sol ait donné ses produits
sollicités par tant de labeurs. Est-il à bout de ses
peines ? Attendez... Les terres, enfouies, sous les
dômes des forêts, composées de couches profondes
de détritus, se trouvant tout-à-coup exposées aux
ardeurs du soleil, suent les fièvres, les maladies,
qui s'emparent d'un organisme non encore accli-

maté. Voici venir silencieusement, des profondeurs des forêts, l'effrayant Indien, le corps bariolé de couleurs, le tomahawk à la main, et un autre instrument, scalpel spécial pour les chevelures : il attend votre sommeil et vous scalpe traîtreusement, quand il n'incendie pas votre habitation en bois, et ne tue pas à coup de fusil, car la civilisation lui a aussi fait présent de cette arme expéditive. Est-ce tout? Pas encore. Vous avez rempli une journée laborieuse; vous vous étendez sensuellement dans votre lit, en bénissant l'inventeur de cet utile ameublement; peut-être même vous étonnez-vous que l'espèce humaine, si reconnaissante de sa nature, ne lui ait pas encore élevé une statue, comme un des plus grands bienfaiteurs de l'humanité. Vos yeux se ferment en faisant ces justes réflexions, mais vos oreilles ne peuvent s'assoupir : de petits bruits de clairon, de trompette, de violon même, les tiennent en émoi; c'est que des légions, mieux armées que les légions romaines, plus intrépides que les zouaves, fondent sur votre peau. Ici c'est un aiguillon qui la perce; à côté, c'est un dard qui le fend; ailleurs, ce sont des crochets qui la déchirent; et ces tortures s'exercent sur votre corps au bruit des clairons, des trompettes et des violons des assaillants. Frottez-vous de chloroforme si vous voulez être insensible.

Nous avons tâché, dans cet ouvrage, de donner une idée du sort de l'émigrant jusqu'à ce qu'il soit installé dans son établissement; mais nous lui avons épargné les mille et mille tribulations suscitées par les lois des traitants yankees. Il y a des détails qui inspirent de l'indignation et du dégoût; nous les avons épargnés à nos lecteurs.

LES
ÉMIGRANTS EN AMÉRIQUE.

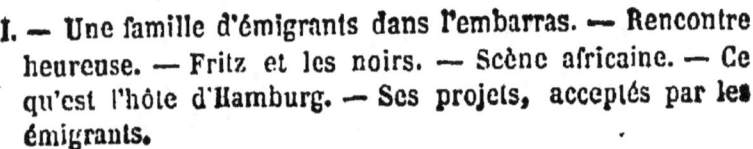

Un navire chargé d'émigrants venait d'entrer dans le port de la Nouvelle-Orléans. Les passagers, ennuyés d'une longue traversée, se hâtaient de descendre à terre. La chevelure blonde, la haute stature de ces nouveaux débarqués annonçaient des enfants de l'Allemagne. Effectivement, ils arrivaient tous de cette partie de l'Europe, et presque tous se trouvaient avec leur famille. Dès qu'ils furent à terre, on les vit se réunir en groupes autour de leurs bagages, attendant les agents de la Compagnie américaine, établie pour faciliter les émigrations, et faisant autant de victimes que d'émigrants. Les promesses, les espérances que l'on avait fait luire à leurs yeux, en Europe, s'évanouissaient dès qu'ils avaient mis le pied sur le sol de cette terre promise, et les malheureux

émigrants se trouvaient à la merci de cette espèce
de **traitants**, qui les exploitaient avec une rare
inhumanité. C'est ce qui a lieu encore aujour-
d'hui.

Un groupe, composé de trois hommes dans la
force de l'âge, d'autant de femmes, dont deux
étaient fort jeunes, et d'un jeune garçon d'un
extérieur débile et d'une petite stature, attira
l'attention des nombreux curieux réunis sur le
port. Ce groupe méritait effectivement de fixer
les regards : les hommes avaient une taille plus
qu'ordinaire, les membres largement développés;
tout leur extérieur annonçait une force hercu-
léenne. Un de ces hommes paraissait plus âgé que
les autres en les examinant avec attention :
c'était autour de lui que se tenait cette famille,
dont il était probablement le chef.

Une des femmes paraissait avoir le double de
l'âge des deux plus jeunes. Les traits du visage
dénotaient une commune origine : la plus âgée
devait être la mère des deux jeunes. Quant au
jeune garçon qui se trouvait dans ce groupe, il
était d'une famille étrangère ; la couleur noire de
sa chevelure, son teint un peu basané, la grandeur et l'éclat de ses yeux noirs, ainsi que le peu
d'élévation de sa taille et la petitesse de ses membres, prouvaient une origine différente de celle
de ceux avec lesquels il se trouvait associé.

Des instruments de musique, étalés sur leur
bagage, plus volumineux que la plupart de ceux

des autres émigrants, pouvaient porter à croire qu'ils étaient musiciens ambulants.

Les courtiers, les portefaix voyaient leurs offres de services repoussés par les personnes qui composaient ce groupe ; il était évident qu'ils attendaient quelqu'un. Mais ce quelqu'un n'arrivait point. L'inquiétude commençait à paraître sur les visages. Les autres émigrants avaient suivi les agents d'affaires : ils se trouvaient donc isolés sur le quai. Comme ils ne parlaient que la langue de leur pays, ils ne purent ni comprendre les questions que leur firent quelques curieux, ni prendre des informations.

Depuis quelques instants, un homme qui passait et repassait sur le port, avait jeté les yeux sur eux. Il comprit probablement qu'ils étaient dans l'inquiétude, et s'approcha d'eux. Il put remarquer la joie qui se peignit sur tous les visages en l'entendant leur demander, en allemand, s'ils attendaient qu'un ami, ou une personne avec laquelle ils se trouvaient en relation, vînt les chercher et leur offrir un gîte.

L'homme le plus âgé lui répondit qu'ils attendaient, d'après la promesse que l'agent de la Compagnie pour l'émigration leur avait faite à Nuremberg, un homme du pays qui devait s'occuper de leur logement et prendre soin de leurs affaires, jusqu'à ce qu'on leur eût délivré une patente de concession de terre ; qu'il s'étonnait de ne pas le voir arriver, la société étant informée de l'arrivée du navire qui les amenait. Pendant qu'il faisait cette réponse, celui qui l'avait questionné examinait attentivement tous les membres de cette famille. Il y avait dans son regard une expression de tristesse et de bonté.

— On a abusé de votre crédulité, dit-il à l'Allemand ; vous avez bien fait d'attendre, puisque vous m'avez trouvé sur votre chemin. Pouvez-vous porter vos bagages seuls jusqu'à deux milles d'ici ? Vous y trouverez un gîte et un homme qui s'occupera de vos affaires quand il les connaîtra.

Les gros ballots furent enlevés par les trois Hercules, et le reste, partagé entre les femmes et le jeune garçon, ne parut pas excéder leurs forces.

A l'entrée d'une rue, deux noirs de haute taille se présentèrent devant eux.

— Holà ! Tom et Job ! Venez ici, dit le conducteur ; prenez les ballots dont ces femmes sont chargées, et revenez au logis !

Cet ordre, donné en anglais, ne fut point compris des trois femmes ; aussi refusèrent-elles de céder leurs fardeaux. Le petit jeune homme, plus pétulant qu'elles, repoussa vivement Tom, qui voulait le débarrasser de son fardeau. Dans cette courte lutte, un cor de chasse se détacha du ballot et tomba à terre ; le noir le releva et le passa à son cou.

Tout fut expliqué : les deux noirs appartenaient à l'homme bienveillant qui les accueillait. On se mit donc en route, les femmes et le petit

jeune homme déchargés de leurs fardeaux. Tom,
marchant à côté de Job, quoique pliant sous le
faix, était tout fier d'avoir un collier aussi bril-
lant et aussi volumineux qu'un cor de chasse.

Après une demi-heure de marche ils arrivèrent
à l'extrémité d'un faubourg, entrèrent dans une
petite allée d'arbres, et atteignirent une maison
assez vaste, où leur conducteur les installa.

— Voici les appartements que je mets à votre
disposition, dit-il au plus âgé des Allemands.
Avant de vous y établir, passez dans cette pièce,
on va vous y apporter des aliments. Après vous
y être réconfortés et délassés, je vous engage à
mettre vos effets en ordre, car je prévois que
vous ferez ici un assez long séjour. En Amérique,
plus qu'ailleurs, le genre d'affaires qui vous y
amène entraîne des longueurs infinies. Je vous
laisse ; usez de tout ce qui est mis à votre disposition : je ne fais pas l'hospitalité à demi.

Ces braves Allemands sentirent, avec la droi-
ture de leur cœur, la générosité de ces procédés ;
ils sortaient d'un terrible embarras. Ils se mirent
franchement à table, et usèrent de ce que leur
hôte mettait à leur disposition.

Tandis qu'ils se félicitaient de leur bonne aventure, remerciant Dieu de la leur avoir procurée,
des sons, déchirants pour des oreilles sensibles à
l'harmonie, retentirent dans la cour. Des éclats
de rire bruyants, redoublés, se firent ensuite entendre.

— Ah ! le moricaud, s'écria le petit jeune homme en se levant, il s'est emparé de mon cor.

Il se trouvait déjà à la porte que ses lents compagnons s'étaient à peine émus de sa brusque sortie. La plus jeune des filles courut à la fenêtre et vit quatre noirs au milieu desquels son petit compagnon gesticulait et tenait son cor d'une main. Tom le lui avait abandonné, rendant à César ce qui appartenait à César.

— Ami, lui cria-t-elle, ces pauvres noirs aiment la musique ; ne t'irrite point. Joue-leur une de nos valses allemandes, et tu vas les entendre encore pousser des cris de joie. Ta musique vaut mieux que celle du noir.

Il détourna la tête pour la voir. Toute sa colère disparut ; après avoir essuyé l'embouchure de son instrument, il en fit sortir des sons lents d'abord, puis plus vifs, plus animés. Alors eut lieu une scène vraiment comique : les noirs, qui étaient restés bouche béante en entendant les premiers sons, commencèrent à sauter, à gambader, à tourner autour du musicien. Les autres Allemands accoururent aux éclats de gaieté de la jeune fille. Jamais spectacle plus bruyant, plus cabriolant, n'avait été mis sous leurs yeux. Le flegme allemand n'y tint pas ; ils poussèrent un vigoureux hourra. Fritz, le petit musicien, accéléra ses sons, s'anima. On put croire que les noirs allaient devenir fous. Mais ce qui rendit le spectacle plus comique fut l'arrivée de la vieille cui-

sinière négresse, suivie d'un petit négrillon. Tous
deux se lancèrent dans la ronde échevelée des
noirs, et gambadèrent à qui mieux mieux. Fritz,
épuisé de souffler, cessa sa musique et se mit à
rire aux éclats. Les sauts et les cris se calmèrent;
les noirs étaient ruisselants de sueur : ils ne se
reposèrent pas. Il y eut comme un conseil tenu
entre eux. Tom et Job enlevèrent le musicien
dans leurs bras, et, le plaçant sur leurs épaules,
se mirent à marcher en cadence. La vieille et le
négrillon les précédaient en gambadant et chan-
tant, sur un ton tantôt vif, tantôt languissant, une
chanson africaine, dont les deux nègres qui sui-
vaient les porteurs du héros de la fête répétaient
en chœur les dernières paroles.

Le malheureux Fritz, qui sautait en cadence
d'une épaule sur l'autre, avait accroché ses doigts
à la laine de la tête de ses porteurs, et leur criait
en bon allemand :

— Mes amis, mes bons amis, assez de gambades, remettez-moi à terre... je vais vous sonner
une fanfare.

Les noirs, qui ne le comprenaient point, sau-
taient toujours en tournant dans l'intérieur de la
cour.

Elmina, la jeune Allemande, dit aux autres :

— Allez à son secours; ils vont le disloquer,
les fous qu'ils sont.

Descendus dans la cour, les Allemands s'em-
parèrent de Fritz, et la scène cessa tout-à-coup

faute de héros. La vieille disparut et revint peu après, portant une grosse calebasse pleine d'une liqueur que nos Allemands trouvèrent aussi bonne que la bière de Nuremberg. La moitié de la noix de coco qui servait de verre fut présentée à Fritz. Il s'en servit, le brave garçon; il avait assez soufflé, assez ri et assez sauté en cadence sur les épaules des noirs qui venaient de le porter en triomphe. Quoiqu'ils ne pussent s'entendre, l'intention des noirs fut comprise des Allemands, qui ne s'en montrèrent pas contrariés.

Le reste de la journée s'écoula sans qu'ils revissent leur hôte; mais son absence n'empêcha pas les mets et les boissons de couvrir la table hospitalière. Les émigrants se laissèrent aller tout doucement au bien-être, et oublièrent de mettre en ordre leurs ballots; ils venaient de faire une si longue traversée!

L'homme qui les avait si généreusement accueillis se nommait Keller: il était d'origine allemande, descendant d'un des premiers pionniers de l'Amérique. Son père, très riche planteur, s'était marié par inclination à une Française que la tourmente révolutionnaire avait conduite en Amérique. L'hôte des émigrants allemands était le seul fruit de cette union, et tenait de son père et de sa mère par le caractère. Tour à tour rêveur ou aventureux, il s'était livré avec ardeur aux entreprises des défrichements, et marchait toujours en avant de ses entreprenants concitoyens : aux limites des établissements, il possédait de vastes étendues de territoire, qu'il tâchait de mettre en valeur avec toute l'activité américaine. Les nombreux esclaves qu'il employait dans ces propriétés éloignées étaient sous la direction d'un Français pour lequel il professait une véritable admiration. Il avait voulu le fixer auprès de lui, à la Nouvelle-Orléans, où il tenait le premier rang dans la banque et le commerce : le Français préférait une vie presque sauvage à toutes les jouissances qu'il eût pu trouver auprès de son ami. Keller, après une union de cinq années, avait eu le malheur de perdre sa femme, qui ne lui laissait qu'un seul fils. Cet unique enfant vivait auprès du Français dans les établissements de l'intérieur des terres. Le père crut ne pouvoir mieux confier l'éducation de son héritier qu'à l'homme qui possédait son amitié, fondée sur la confiance et l'estime. Lorsqu'il avait rencontré les Allemands sur le port, il s'y était rendu dans l'espoir d'y rencontrer un ami du Français, que celui-ci avait appelé auprès de lui.

Dès qu'il connut l'embarras de la pauvre famille émigrante, il conçut l'idée de les en tirer et de leur offrir en Amérique la possibilité de s'y établir et d'y faire une honnête fortune. Mais, en homme qui a l'expérience de la vie, il voulut connaître ceux qu'il se proposait d'aider. C'est pour cela qu'il leur procura une hospitalité qui ne devait pas être de quelques jours, mais

qui lui permît d'apprécier ces nouveaux arrivants. Il restait en ville durant le jour, et revenait coucher à son habitation de la campagne,
le soir.

Après s'être informé de ses hôtes, dont la vieille cuisinière lui fit un éloge pompeux, il alla les
rejoindre au parloir, où les braves Allemands
faisaient la digestion d'un repas copieux en fu-
mant leurs pipes et lançant plus de bouffées de
fumée que de paroles. Les femmes étaient plus
utilement occupées : elles mettaient de l'ordre
dans la partie des ballots qui contenait ce qui
avait un rapport direct à leurs accoutrements.

Le repas du soir fut servi ; les Allemands, sur
l'invitation de leur hôte, prirent place à table, et
firent de nouveau honneur à la large hospitalité
de Keller.

— Vos compagnons d'émigration, leur dit-il,
sont tombés en mauvaises mains. Les patentes
pour concession de terrains ne seront pas expé-
diées de longtemps, et pendant ce temps-là, les
malheureux émigrants dépenseront ce qu'ils
peuvent posséder, à moins qu'ils ne se placent
dans quelques établissements où ils pourront gagner leur vie. C'est un calcul fait à l'avance par
les agents qui s'occupent de l'émigration : c'est
une espèce de traite des blancs. Je veux vous
soustraire à cette inhumanité. Que savez-vous
faire ? êtes-vous cultivateurs ou artisans ?

— Nous sommes l'un et l'autre, répondit Hamburg, le plus âgé des Allemands. Franck et Frédérick sont mes gendres. L'un, à la profession de charron, joint celle de cultivateur, c'est Franck ; Frédérick est un habile forgeron, et connaît aussi la culture des terres. Fritz, ce jeune garçon que vous voyez, n'appartient point à ma famille ; c'est un enfant que les Français laissèrent dans notre pays lors de la retraite de Russie : la Providence nous le confia ; nous l'avons adopté, et, s'il n'est pas de la famille par les liens du sang ou par alliance, il en est par le cœur et l'attachement. Quant à mes filles, elles connaissent tous les travaux d'aiguille et sont habituées aux travaux des champs. Je crois donc que nous avons tous les éléments nécessaires pour réussir, dans un pays où les terres ne nous manqueraient point.

— J'ai encore une question à vous adresser, dit Keller : votre réponse est pour moi d'un grand poids ; faites-la-moi franchement. Quelle est votre religion ?

— Nous sommes tous catholiques romains, répondit-il.

Keller parut charmé de cette réponse.

— Je ne veux point m'ériger en juge de votre croyance, ajouta-t-il ; mais, dans un pays où il y a autant de sectes différentes que de villages, je devrais dire de famille, il m'importe beaucoup de ne pas introduire dans mes établissements des gens de cultes différents. C'est une cause de divisions et de discordes. Le village naissant où je vous propose de vous fixer est composé de familles catholiques, et reçoit l'instruction religieuse d'un prêtre catholique. Vous comprenez donc bien que si vous eussiez fait partie d'un culte dissident, vous et votre famille auriez souffert au milieu de catholiques, et que votre présence les eût aussi fait souffrir. Tout est donc pour le mieux. Voici mes propositions : je possède de vastes étendues de terres au-delà des derniers établissements de la république; plusieurs familles s'y sont déjà établies et forment deux villages : peu éloignés l'un de l'autre, ils peuvent se soutenir contre les attaques des sauvages; mais, plus avant dans les terres, dans une contrée délicieuse, sur le bord d'un grand fleuve, mon ami le Français a reconnu une situation tellement avantageuse pour un établissement, qu'il prétend qu'une ville succéderait bientôt au village qu'il désire y établir. Déjà plusieurs colons sont arrêtés, mais, d'après le principe que je me suis posé, je ne veux y envoyer que des catholiques; je suis donc obligé de refuser presque tous les colons américains, malgré les qualités éminentes qu'ils possèdent pour ce genre d'entreprises. Iriez-vous sans répugnance vous fixer au-delà de la limite de la civilisation américaine? Je vous ferais la concession de terre de l'étendue que vous et votre famille pourriez mettre en culture ; les premières dépenses seront supportées par moi ; vous aurez un terme éloigné pour me les rembourser ; réfléchissez à ces propositions ; demain vous me ferez connaître le parti que vous aurez pris.

Il se leva et se retira.

Les Allemands n'eurent pas besoin d'une longue délibération ; on leur offrait ce qu'ils venaient chercher au-delà des mers, et à des conditions si avantageuses que leur parti fut bientôt pris.

II. — Séjour chez Keller. — Il les place dans des ateliers en attendant le départ. — Musique. — Aventures. — Préparatifs de départ pour les établissements de l'extrême frontière.

Keller fut heureux de la détermination prise par ses hôtes : son grand projet de devenir le fondateur d'une ville, dans un pays où elles s'élèvent comme par enchantement, allait donc commencer son exécution. Doué d'une haute intelligence, secondé par un homme instruit, hardi, entreprenant, comme son ami le Français Douville, il ne douta pas du succès de son entreprise. L'Amérique est un pays où l'on ne doute de rien.

Mais, s'il comptait sur la famille Hamburg pour faire le noyau de son établissement, il comptait, et beaucoup plus, sur les moyens qu'il allait employer. Son intelligence, éclairée par son ami, qui était sur les lieux, lui faisait prévoir tous les obstacles qui s'opposeraient à ses projets, et préparer tout ce qui devait les surmonter.

Le jour même, il conduisit les Hamburg dans les ateliers d'armurerie et de construction, leur demandant les avis, les observations qu'ils y avaient faites. Il reconnut qu'ils étaient intelligents et qu'ils avaient parfaitement compris la supériorité des Américains sur les ouvriers de leur pays. Les Allemands demandèrent à être employés durant quelque temps dans plusieurs ateliers; il fut facile à Keller de les satisfaire; cette demande répondait d'ailleurs à son désir.

Durant ce temps, il eut soin que les femmes de ses nouveaux colons fussent initiées non aux mœurs des villes de l'Amérique, mais aux occupations et habitudes des femmes de ceux que l'on nomme les pionniers, parce qu'ils marchent en avant et frayent le chemin à la civilisation.

Il ne savait ce qu'il pourrait faire du pauvre petit Fritz. La débilité de sa constitution ne lui permettait pas les rudes travaux du pionnier, mais il pouvait tirer parti de sa rare intelligence. Il eut l'idée de le placer chez un ingénieur de sa connaissance.

Nous verrons plus tard si ce jeune garçon sut profiter des leçons qu'il reçut, et se rendre utile à l'établissement.

Keller acheta trois chariots comme les Américains seuls savent les faire, pour voyager dans l'intérieur des terres. Il fit aussi une provision d'armes et d'instruments de toute nature : les nouveaux colons allaient remplir une grande lacune dans ses établissements. Les charrons et les forgerons y manquaient. Comme ce nouveau village se trouverait plus exposé que les autres aux incursions des sauvages, il inventa un vête-ment qui pût les mettre presque à l'abri des pro-jectiles de ces dangereux ennemis, qui attaquent toujours à l'improviste et tuent avant qu'on puisse se mettre sur la défense. Son ami Dou-ville lui avait donné l'idée de cette cuirasse, aussi légère que résistante à la balle. Elle avait aussi un autre avantage : c'est qu'elle soutenait sur l'eau sans gêner les mouvements du corps.

C'était une cuirasse en liége, ayant la même forme que celle des cuirassiers de l'Europe, re-couverte d'un cuir léger et doublée de deux tissus ouatés et piqués si serrés qu'une arme blanche eût pu difficilement percer cette doublure. Une garniture pareille, mais articulée aux jointures des bras et des jambes, en couvrant tout le corps, le rendait presque invulnérable. La tête était protégée par un casque de la même matière, doublé comme le reste de l'armure, et ayant la forme ronde, plus commode que toute autre pour la vie des forêts. Des boîtes, fortes sous le pied, mais d'un cuir souple quoique épais, montaient jusqu'au-dessus du jarret, où elles s'attachaient hermétiquement sans gêner les mouvements des muscles. C'était une excellente défense contre la

morsure des serpents, et l'introduction des moustiques et autres insectes altérés de sang, dont les
lieux bas et les forêts de l'Amérique pullulent.
Au-dessus de la visière du casque et à l'entour,
un voile en crin serré pouvait se rabattre sur la
figure, sans dérober le passage à la vue, et pré-
server en même temps toute la partie découverte
du cou des morsures des insectes.

Keller venait de recevoir de Douville un petit
modèle d'un pareil vêtement, qu'il lui recommandait de faire confectionner à la ville, en lui donnant les proportions qui conviennent à des hommes de forte taille.

Par hasard, le jeune Fritz put revêtir ce vête-
ment-modèle : il déclara que, quoiqu'il le trouvât
un peu étroit, il était aussi libre de ses mouvements que dans ses habits ordinaires ; qu'il était
plus léger, et qu'avec un pareil accoutrement il
ne craindrait pas de se jeter dans l'eau la plus
profonde.

— Si vous voulez venir avec moi, ajouta-t-il,
je vais en faire l'essai dans la pièce d'eau du bas
de la prairie.

On s'y rendit pour être témoin de l'expérience :
Fritz allait devant d'un pas aussi dégagé que
dans ses autres vêtements. Du bord de la pièce
d'eau, il se lança le plus loin qu'il put. Un corps
aussi pesant que le sien, quoiqu'il le fût peu, si
on le compare au poids du corps d'un homme
ordinaire, eût dû en tombant dans l'eau, s'y

enfoncer. C'est ce qui n'arriva pas ; les jambes seules pénétrèrent dans l'eau, où il descendit jusqu'à l'abdomen ; mais il ne put se tenir droit sur un appui aussi mobile, aussi tomba-t-il d'abord sur le ventre, puis sur le dos, puis enfin ballotta tantôt d'un côté tantôt de l'autre. Le lest manquait, le centre de gravité n'était pas trouvé : c'étaient des améliorations à apporter au vêtement.

Quand Fritz remonta sur le bord, il fut reconnu que l'eau n'avait pas pénétré sous le vêtement ; restait une autre épreuve à faire : dès que le jeune garçon se fut dépouillé du vêtement, on en couvrit un tronc d'arbre, puis on tira plusieurs coups de revolver : les balles laissèrent leur empreinte sur le liége ; mais le cuir seul avait été percé. Une balle lancée par la carabine, à vingt pas de distance, entr'ouvrit le liége et s'arrêta dans la doublure matelassée.

Keller était enchanté.

— Mes amis, dit-il aux Allemands, vous aurez tous un pareil vêtement et vous pourrez braver les balles traîtresses des sauvages, les morsures des reptiles, et celles, plus insupportables, des insectes.

Fritz paraissait plongé dans ses réflexions.

— Qu'avez-vous, mon jeune ami ? lui demanda Keller.

— Je songeais à mettre une cartouchière sur la poitrine. Les courroies soutiendraient deux revolvers, un poignard et une petite hache. Ce serait un poids suffisant pour m'enfoncer dans l'eau jusqu'aux épaules.

— Les observations de ce jeune garçon, dit Keller à Hamburg, indiquent ce que mon ami veut ajouter à son invention pour la compléter. A quoi occupiez-vous, en Allemagne, ce jeune garçon ?

— Il passait une partie de son temps à la chasse ; il avait la réputation d'être le meilleur tireur du pays ; cependant, notre contrée d'Allemagne ne manque pas d'habiles tireurs : le soir et les jours pluvieux, il étudiait la musique ; mais jamais il n'a pu se livrer aux travaux manuels. Il est très intelligent et très habile à tout ce qu'il entreprend de faire.

Keller se dit en lui-même :

— Ce jeune garçon sera le directeur des travaux quand on construira la ville que j'ai en projet. Il faut que je sache ce que pense de lui mon ami l'ingénieur.

Ces choses se passaient un dimanche, à l'habitation de campagne que possédait Keller aux portes de la ville. Il était plus gai que d'habitude ; cette bonne humeur se communiqua à ses hôtes. Ils proposèrent d'exécuter un concert.

— Vous me faites plaisir, répondit-il ; mais vous allez attirer jusque dans ma cour tous les nègres qui entendront les sons de vos instru-

ments : vous avez déjà pu vous convaincre que
la musique les jette dans le délire.

Chacun prit son instrument : on se rendit à
l'extrémité du grand et magnifique jardin qui
s'étendait derrière la maison, et qui touchait à la
lisière d'un bois de haute futaie.

On sait que l'Allemand est merveilleusement
doué pour la musique, et avec quel amour il se
livre aux jouissances qu'elle procure aux belles
organisations.

Ce fut un chant national que firent entendre
leurs instruments. Ils y mirent toute leur âme.
Ce chant rappelait la patrie lointaine, les joies
des fêtes de l'Allemagne, qui les avait vus naître ;
ils oublièrent ce qu'ils y avaient souffert, ne sentirent que les joies qu'ils y avaient senties. Des
larmes coulèrent de leurs yeux, et les femmes
tournèrent la tête pour cacher celles qu'elles
répandaient.

Une distraction imprévue changea les disposi-
tions mélancoliques en gaieté. Wilhelmine, éten-
dant la main vers le bois, s'écria :

— Voyez donc, ma mère !

Tous les regards prirent la même direction.
Les arbres voisins de la clôture du jardin étaient
chargés de nègres, dont les yeux brillaient à
travers la verdure du feuillage, et les têtes lai-
neuses s'agitaient comme de grands fruits que le
vent agite sur les rameaux qui les supportent.

— Pour ces braves garçons, une valse ronflânte, dit Fritz. Je parie qu'ils vont franchir la clôture, s'ils ne peuvent sauter en l'air sur les arbres.

Il commença et les autres l'accompagnèrent. Fritz avait prédit vrai; comme une bande de véritables singes, les noirs sautèrent de branche en branche, atteignirent le sol; l'espace manquait pour la danse; ils escaladèrent sans réflexion la clôture et commencèrent leur bal de sauts, de gambades, de positions que les nègres seuls savent et peuvent prendre. L'Allemagne était oubliée; les musiciens s'animèrent de l'animation des danseurs, et trouvèrent des airs tellement entraînants, que les danseurs ne parurent plus que comme un tourbillon de noirs démons exécutant un bal infernal.

La gravité de Keller ne put tenir à ce stupéfiant spectacle; il se retira à l'écart et contempla la danse hurlante, grimaçante et tourbillonnante.

— Est-il vrai, se dit-il, que cette race appartienne à la nôtre?

Keller était de ceux qui, habitués dès l'enfance à ne voir dans les noirs que des esclaves, des bêtes de somme à deux pieds, ne regardait la race noire que comme une race inférieure à la nôtre et ayant une autre origine. Mais il réfléchit et se répondit à lui-même :

— Les sauvages peaux-rouges sont bien de la race modifiée des blancs; n'ai-je pas entendu dire

qu'ils se livrent à des extravagances beaucoup
plus déraisonnables, puisqu'elles sont inhumaines
et atroces, que celles auxquelles je vois se livrer
ces pauvres esclaves !

Déjà la moitié des danseurs était étendue hale-
tante sur le sol; les autres, plus vigoureux, auraient continué leur danse, si les musiciens n'a-
vaient pas été épuisés eux-mêmes.

— Ne vous étonnez point d'avoir attiré ici un
si grand nombre de noirs, leur dit Keller. C'est
aujourd'hui jour de repos; ils se rendaient à un
lieu de leurs rendez-vous ordinaires. Ils vont
nous quitter, et danseront le reste de la journée
entière et toute la nuit; demain ils reprendront
leurs travaux comme s'ils avaient passé la nuit
dans leurs cases. La force de résistance qu'il y a
dans les muscles de ces gens-là est incalculable,
et quand un noir refuse le travail sous prétexte
de fatigue, c'est qu'il est mû par une mauvaise
volonté.

Le planteur, le possesseur d'esclaves, montrait
encore le bout de l'oreille.

Quand ils rentrèrent à l'habitation, leurs nègres se trouvèrent absents; ils avaient suivi les
autres à la réunion dansante. La vieille négresse
et les négrillons étaient restés seuls au logis,
mais ils avaient pris leur bonne part de plaisir au
bal qui venait d'avoir lieu dans le jardin. La
cuisinière était déjà très vieille; elle était restée
faute de forces; mais c'est avec peine qu'elle

avait retenu les négrillons pour l'aider dans son service.

Dix jours s'étaient écoulés depuis l'arrivée des Allemands; ce temps n'avait pas été mal employé. L'occupation dans les ateliers de la ville avait ouvert l'intelligence des émigrants : voyant sous leurs yeux des œuvres d'art qu'ils n'avaient point vues dans leur pays, ils avaient réfléchi et compris que l'industrie humaine est loin d'avoir dit son dernier mot. Ils devenaient donc plus aptes à remplir le but de Keller. Dans les établissements, la routine serait fatale : il faut savoir improviser, parer à l'imprévu, et ne se trouver jamais à bout de ressources.

L'intelligence du jeune Fritz surprenait l'ingénieur qui l'avait admis chez lui. Non-seulement il saisissait tout, mais il exécutait tout avec une merveilleuse facilité. Il commençait à s'entretenir en anglais-américain avec les autres ouvriers, et les réjouissait par son baragouinage.

— Ce jeune garçon, dit l'ingénieur à Keller, ne sera point un homme ordinaire. Attachez-vous-le, il servira vos projets.

Sur ces entrefaites, Keller reçut avis que les colons de ses deux villages, réunis à d'autres pionniers, devaient se rendre à Saint-Louis pour y échanger les produits de leurs terres et de leurs chasses contre les provisions dont ils avaient besoin; Douville lui faisait, en même temps, savoir qu'il craignait, pour l'automne prochaine, les attaques des sauvages, qui avaient déjà fait des courses dans les terrains neutres qui les séparaient de leurs voisins. Il demandait l'envoi des cuirasses dont il avait fait parvenir le modèle, des armes et des munitions de guerre; il insistait sur la nécessité d'augmenter les colons, afin d'être en état de repousser les attaques de ses sauvages voisins.

Keller hâta ses préparatifs, eut recours à la vapeur pour rendre les feuilles de liége souples, et les mouler sur des bustes en bois dans les proportions voulues. Ce travail fut promptement et heureusement exécuté. Il fit l'achat de dix excellents fusils et de revolvers : quatre petits barils de poudre furent aussi achetés, avec du plomb, des haches, et de longs poignards dont Fritz donna le dessin. Enfin, pour compléter son envoi, il l'augmenta d'instruments aratoires et de cuisine. Les trois chariots qui devaient servir à ce convoi qui emmènerait la famille Hamburg, quatre noirs et un guide, étaient fortement et solidement construits, et dans la forme de ceux que l'on employait de tout temps pour les longs voyages dans l'intérieur des terres. Les bagages en remplissaient deux; le troisième était destiné aux femmes et à une négresse qu'elles emmenaient avec elles. Chaque chariot était attelé de quatre bœufs; les hommes de la famille Hamburg montaient chacun un cheval; les nègres devaient

conduire le convoi. Quatre forts chiens complète-
raient les moyens de défense et serviraient d'é-
claireurs et de sentinelles. Bref, Keller ne né-
gligea rien de ce qui pouvait convenir à un établissement de l'extrême frontière et au succès de
leur voyage. En leur faisant suivre la route de
terre pour se rendre au rendez-vous donné par
Douville, Keller voulait les habituer à la direction
de leurs chariots, dans des routes qui étaient loin
d'offrir les difficultés qu'ils trouveraient dès qu'ils
quitteraient les voies fréquentées pour chercher
leur route dans des solitudes sans chemins et
offrant à chaque instant des obstacles.

III. — Départ. — Rencontre du docteur Strolz. — Continua-
tion du voyage. — Un tumulus changé en fourmilière. —
Armée de fourmis. — La caravane bat en retraite. — Exploit
de Fritz. — L'orage auprès du tumulus. — L'inondation. —
Bivouac de nuit.

Keller a dit adieu à ses amis les Allemands ;
ceux-ci, renseignés par lui, munis d'une carte de
route jusqu'aux établissements où ils devaient
rencontrer les gens de Douville, et d'une boussole
pour éviter de trop grands écarts de route, sont
en marche depuis le point du jour. Pour éviter
les terrains marécageux des bords du Mississipi,
dont ils devaient, durant cent vingt lieues, suivre
la rive droite, ils entrèrent dans les terres couvertes de forêts. Des sentiers y étaient tracés et
conduisaient à des habitations peu éloignées de

la ville, d'où d'autres sentiers partaient et se
terminaient à des habitations plus éloignées.

La journée était magnifique ; le soleil, sans
nuage, éclairait des plaines luxuriantes où la
fécondité de la terre se montrait dans toute sa
puissance ; de larges abattis d'arbres avaient
ouvert dans ces forêts des espaces où s'étaient
établies des fermes entourées de champs en culture ; tous les arbres fruitiers de l'Europe s'élevaient à côté des arbres indigènes et pliaient sous
le poids de leurs fruits.

— L'Allemagne est un riche pays en Europe,
Franck, dit Hamburg à son gendre ; mais que
sont ses plus riches contrées, comparées à celles
que nous voyons. Ici, l'homme n'a qu'à remuer
la terre pour en tirer d'abondantes récoltes. Voyez
donc la hauteur de ces tiges de maïs ; votre taille
est élevée, Franck, et cependant elles la dépas-
sent de plus du double. Comme ces épis sont
longs et gros, Franck... et ces autres fruits dont
j'ignore encore le nom... Nous sommes dans une
terre de Chanaan.

— Beau-père, lui répondit Franck, j'admire,
comme vous, cette riche et luxuriante nature,
mais ce spectacle ne me fait point oublier les
désagréments qu'elle nous causera. Rappelez-
vous les entretiens et les avis du généreux Keller.

— Des reptiles, des insectes dont nous avons
déjà fait la connaissance, des difficultés tenant au
pays et au climat ; enfin, les anciens habitants,

les Peaux-Rouges, voilà tout ce que nous avons à craindre, répondit Hamburg, qu'une si riche nature enthousiasmait. Mais, Franck, notre patron, car je ne peux pas lui donner un autre nom, si ce n'est celui de bienfaiteur, nous a prévenus de tous ces dangers et nous a mis en état de les braver. Pour que vous puissiez bien comprendre les avantages que nous allons trouver en Amérique, rappelez-vous tout ce que nous avons éprouvé de tribulations et d'extorsions en Allemagne.

— Beau-père, répondit Franck, nous sommes loin de l'Allemagne; tâchons de l'oublier et tout ce que nous y avons souffert. A chaque jour suffit son mal.

Comme ils étaient en avant des chariots, ils ralentirent le pas de leurs chevaux pour les attendre. Les noirs conduisaient les attelages, en se servant de longues gaules armées d'un petit aiguillon. Il fallait souvent entrer sous la forêt pour éviter de profondes ornières. Quand la route longeait des champs, ces ornières se trouvaient comblées par des troncs d'arbres, qui rendaient le tirage cahotant et aussi fatigant pour les femmes qui étaient dans le premier chariot que pour les bœufs qui le traînaient. La mère et les filles descendirent, assurant que la marche leur serait agréable.

— Maîtresses, leur dit la négresse en son mau-

vais anglais, prenez garde aux buissons et aux
mares d'eau.

— Fritz, mon ami, cria la mère, venez ici ;
tâchez de comprendre ce que nous dit cette fille.

Il s'engagea alors entre Fritz et la négresse
une conversation dont la pantomime fit presque
tous les frais.

— Cette fille, si je l'ai bien comprise, vous
avertit de vous écarter des buissons et des mares.
Ici, Rumph ! ici mon bon chien !... qu'as-tu donc
vu, que tu dresses les oreilles et hérisses ton
poil ?

Rumph s'était campé en arrêt à quelques pas
d'un buisson. Un des autres chiens arriva et prit
la même attitude de menace craintive.

— Remontez dans le chariot, leur dit Fritz :
c'est un reptile dangereux, les chiens nous en
avertissent.

Fritz s'avança avec prudence et aperçut un
serpent assez gros, roulé en spirale, la tête haute,
prêt à se lancer en avant : il fit feu et cribla le
reptile des gros plombs dont son fusil était
chargé. Ces bêtes ont la vie dure : il déroula ses
anneaux ensanglantés et s'élança sur Fritz, mais
le coup de fusil avait brisé plusieurs anneaux, il
ne put s'élancer que hors du buisson. Les voyageurs accoururent au bruit du coup.

— Tenez, leur dit Fritz, voilà le premier gibier que je tue en Amérique.

Le soin que prirent les noirs de se tenir éloi-

gnés du serpent leur fit sentir qu'il était très
dangereux. Les femmes n'eurent plus envie de
descendre de leur chariot.

Ils arrivèrent dans une charmante vallée, au
bas de laquelle coulait un gros ruisseau. La chaleur était accablante ; ils résolurent d'y faire
halte et d'y laisser paître leurs bêtes. En un instant une des deux tentes fut dressée, les bœufs
dételés et laissés libres dans la prairie. A peine
avaient-ils commencé leur repas, qu'un essaim
de moustiques vint s'abattre autour d'eux et leur
fit entendre ce bourdonnement de clairon si déses-
pérant pour le voyageur : en vain fermèrent-ils
la tente, ces insectes altérés de sang trouvèrent
le moyen de s'y introduire et de les harceler de
leurs morsures. En même temps ils entendirent
les piétinements de leurs bêtes, que ces insectes
et des mouches plus grosses qu'eux mettaient en
fureur par leurs coups de dard réitérés.

Tandis que les noirs courent après les bœufs
et que le guide et Frédérick calment les chevaux,
les femmes se hâtent de serrer les provisions, de
plier la tente, de s'armer de branches pour chasser
ces cruelles petites bêtes acharnées contre elles.
Les aspersions d'eau les éloignèrent un instant ;
ils n'en furent débarrassés que lorsqu'ils eurent
atteint un lieu plus élevé et brûlant de sécheresse.

— Beau pays, disait Fritz en remontant sur
son cheval, mais insupportables habitants.

— Dites dangereux, Fritz, lui répliqua la mère.

— Je leur donnerai tous les noms que vous voudrez, madame Hamburg, et je n'en trouverai point d'assez odieux pour les qualifier comme ils le méritent. Seulement, madame Hamburg, je vous demande s'il faut comprendre les habitants qui ont, comme nous, une figure humaine ?

— Je ne puis parler de ceux-là, Fritz, nous n'avons encore rencontré que les habitants de la ville, et nous ne devons que nous louer d'eux ; quant à ceux de l'intérieur des terres, nous ferons bientôt leur connaissance, car j'aperçois dans le lointain une colonne de fumée.

Ils approchaient effectivement du premier établissement qui devait se trouver sur leur route, et qui s'intitulait pompeusement du nom d'Abraham-town, quoique ce ne fût encore qu'une grosse bourgade. Il était environ cinq heures du soir quand les chariots roulèrent sur les pavés en troncs d'arbres de la future ville qui porte le nom biblique d'Abraham.

Ils y furent accueillis avec autant de curiosité que d'hospitalité. Dans ces régions, où les établissements sont placés à de grandes distances les uns des autres, l'arrivée d'une famille d'émigrants devient un événement et suscite la curiosité. Ils viennent du dehors, ils ont donc une bonne provision de nouvelles ; puis, ils vont courir à l'extrême frontière les chances que leurs devanciers ont courues lorsque les établissements étaient naissants et n'osaient s'écarter trop loin des villes.

Ce fut à qui leur offrirait le logement : ils s'arrêtèrent chez un Allemand pour lequel ils avaient une lettre de recommandation de M. Keller.

— Nous avons dans notre établissement une grande fermentation, leur dit leur hôte. Deux missionnaires de communion différente ont prêché dans le temple : toutes les communions ont assisté à leurs prédications, et au lieu d'apporter l'union et la paix, ils ont semé les discordes et les inimitiés. Chaque culte réclame pour lui la force des raisonnements qui ont attaqué l'autre culte, et comme il y a dans la bourgade des représentants de plusieurs cultes, ce sont des animations, des interpellations à n'en plus finir. Notre pauvre bourgade est sens dessus dessous. Heureusement que l'arrivée d'un voyageur a suspendu, ce matin, les animosités. Il vient des bords du Mississipi et a une suite respectable.

Henrick Hamburg comprit mieux que jamais la sagesse de son protecteur Keller, qui ne voulait admettre dans ses établissements que des catholiques. La rencontre, sur sa route, d'un autre voyageur, n'eût pas beaucoup excité sa lente curiosité allemande, si son hôte n'eût ajouté que ce voyageur était un savant de leur nation, qui parcourait la contrée dans un but scientifique ; mais, avant de satisfaire sa curiosité, il jeta un coup d'œil sur les attelages et sur leurs montures, visita les chariots et s'assura qu'ils n'avaient éprouvé aucune avarie grave.

Pour le voyageur, plusieurs choses paraissent toujours très importantes : le gîte, la nourriture et le repos. La famille de Henrick Hamburg avait le gîte, la nourriture, et pouvait se livrer au repos. Ses membres oublièrent donc l'étranger, et la partie masculine se mit à fumer gravement la pipe, tandis que les femmes se livraient aux occupations dévolues à leur sexe

Fritz, qui avait du sang français dans les veines, parcourait la bourgade, examinant tout, causant avec tous ceux qui pouvaient causer avec lui. Il était arrivé à la maison où l'étranger avait reçu l'hospitalité. La conversation fut bientôt engagée, non avec l'étranger, occupé à recueillir ses notes, mais avec des gens de sa suite. Il apprit que leur maître se proposait de rechercher les sources du Mississipi, tout en explorant le pays environnant. L'établissement de Keller se trouvait à quelque distance du haut Mississipi : Fritz, qui aimait la société, songea aussitôt à réunir leur petite caravane à celle de l'étranger. Cela devait être désiré par les deux troupes : dans ces contrées encore peu peuplées, le nombre des voyageurs fait leur sûreté. Il fut admis auprès du savant allemand et lui fit part de ses projets. Celui-ci, avant de les accueillir, témoigna le désir de connaître la famille des émigrants, et suivit Fritz à leur gîte. Loin de la patrie commune, les liaisons s'établissent vite entre les nationaux. Le savant allemand jugea vite la famille Hamburg, et leurs rapports s'établirent sur-le-champ Ils convinrent de se réunir pour le voyage.

Ce savant se nommait Strolz : il voyageait bien accompagné, mais il n'avait pas de chariot ; il en eût été embarrassé dans ses courses à travers les forêts et les montagnes.

— Votre marche est lente, dit-il aux émigrants ; nous aurons toujours des points de ralliement où nous nous rencontrerons.

Sa suite se composait de quatre Irlandais et de deux nègres. Il avait huit chevaux pour eux et pour les bagages. Tous étaient bien armés.

Le jour suivant, ils partirent de la future Abraham-town, suivirent le sentier qui conduisait à un établissement éloigné de plus de vingt milles. Ils entrèrent dans la région des hautes et profondes forêts. Elles ne sont pas embarrassées de broussailles ; des troncs d'arbres, étendus des deux côtés du sentier, avaient été abattus par la hache pour frayer un passage aux chariots ; dans les endroits trop défoncés ils servaient de passage, et c'était sur ce sol d'arbres avec leur écorce qu'il fallait passer. Outre ces difficultés, il s'en trouvait d'autres à chaque instant : c'étaient les lianes qui tombaient en festons des rameaux des arbres jusqu'à terre, où elles s'enracinaient pour cramponner leurs rejetons au tronc des arbres. Un noir marchait en avant, armé d'un coutelas, et ouvrait la route. Dans une large clairière, ils découvrirent plusieurs monticules de plus de deux mètres d'élévation.

— Ce sont, leur dit le docteur, des monuments funéraires élevés par les premiers habitants de ces contrées, et que l'on trouve dans la vallée du Mississipi.

Il y dirigea son cheval. L'animal faisant difficulté de s'en approcher, le docteur l'y lança d'un violent coup d'éperon. L'animal fit un bond qui le porta à moitié du monticule, où ses deux pieds s'enfoncèrent ; puis il bondit en arrière en faisant des sauts furieux. Le monument funéraire du docteur Strolz n'était qu'une de ces vastes fourmilières que l'on trouve souvent dans l'Amérique. Il fut forcé de sauter à terre, car ces insectes, irrités de la destruction de leur demeure, après avoir escaladé les membres du cheval, s'attaquaient par légions au cavalier. Des Français se seraient moqués de la méprise du docteur ; les bons Allemands vinrent à son secours : avec des rameaux, ils nettoyaient les habits du docteur, tandis que les noirs rendaient, mais avec plus de difficulté, le même service au cheval.

— L'ennemi arrive sur nous ! s'écria Fritz en indiquant le sol, sur lequel deux véritables colonnes de fourmis s'avançaient sur eux.

Tom et Job se hâtèrent de faire avancer les chariots ; si les fourmis les avaient atteints, il eût été impossible de les en déloger. Fritz répandit de la poudre devant les deux colonnes ennemies, y jeta les charbons allumés d'une pipe. Il y eut une traînée de flamme ; les colonnes de fourmis firent halte, mais elles n'étaient pas découragées ; tournant la place, elles se réunirent de l'autre côté du lieu attaqué par la flamme.

Il fallut décamper au plus vite et mettre un petit cours d'eau entre eux et leurs ennemies. Cette eau leur servit à débarrasser le cheval de ces insectes irritable : ils pénétraient dans ses naseaux et dans ses oreilles. Le pauvre docteur sentait d'insupportables piqûres sous ses vêtements. Il fut obligé de se retirer à l'écart pour se dépouiller complètement ; il est probable qu'il examina avec soin s'il y avait dans le voisinage des tumulus funéraires élevés par les habitants primitifs de ces contrées.

— Il y a, dit Tom, des élévations, comme le dit le savant allemand, mais elles sont plus larges, plus hautes, et couvertes de gazon ; les animaux ne craignent pas de les approcher, de monter dessus même ; mais jamais un animal, soit qu'il ait quatre pieds ou deux, soit qu'il vole ou qu'il rampe, ne s'arrêtera sur les villes des fourmis. Le plus monstrueux serpent qui le ferait périrait infailliblement.

Ces fourmis, beaucoup plus grosses que celles d'Europe, envahissent avec une si étonnante rapidité leur ennemi, et en nombre si considérable, qu'aucun être ne peut leur échapper. Aussi tous

ies habitants des forêts les respectent et passent
loin de leurs villes.

Sous les ombrages de la forêt de lianes, nos
voyageurs se trouvaient à l'abri des rayons dé-
vorants du soleil, mais la chaleur humide qui les
enveloppait alanguissait leurs forces et les disposait à la somnolence. C'était le milieu du jour ;
leurs animaux avaient, ainsi qu'eux, besoin de
nourriture et de repos. Ils cherchèrent un lieu
qui pût offrir un pacage. Le sol commençait à
s'élever, les arbres à devenir moins serrés les
uns contre les autres. Il leur fallait un lieu où
coulerait une source : elles ne sont pas rares dans
la vallée du fleuve. L'instinct des chiens les
guida : au milieu de grands arbres pavoisés de
lianes aux fleurs éclatantes, ils trouvèrent une
source abondante qui coulait doucement sur une
pente de terrain revêtu d'une haute et brillante
verdure. On détela les bœufs ; ils furent lâchés
dans ce gras pâturage sous la garde des noirs.
Les voyageurs étendirent la toile de leurs tentes
d'un chariot à l'autre, et, après avoir nettoyé le
terrain, à la recommandation du docteur Strolz,
ils s'étendirent à l'ombre, étalèrent leurs provisions et prirent le repas du voyageur. Tout alla
pour le mieux : le bien-être les séduisait ; ils
fumèrent en causant et allaient probablement
céder aux douceurs du sommeil, quand deux
coups de fusil retentirent sous le couvert de la
forêt.

— Fritz est en chasse, dit Henrick à ses gendres. Prenez vos fusils et allez devers lui : j'entends hurler les chiens.

Ils se levèrent, et à l'instant où ils sortaient de dessous la tente, ils découvrirent, sur la lisière, Fritz qui reculait. Sa main paraissait armée d'un revolver ; les chiens se tenaient devant, la tête tournée vers le fourré. Ils hâtèrent le pas. Fritz lâcha coup sur coup les balles de son revolver ; il était arrêté quand ils le joignirent.

— Qu'y a-t-il, Fritz ?

— Voyez, à dix pas des chiens, dans ce buisson... Je ne connais pas cette bête... elle a au moins quatre balles dans le corps, cependant elle me menace ; les chiens reculent devant elle. Donnez-moi votre carabine, Frédérick, et chargez mon petit fusil... je veux avoir l'honneur de l'achever.

Il s'avança de quelques pas, se courba : le coup partit. Au même instant une énorme bête bondit du buisson et vint tomber à quelques pas en-dehors. La balle avait frappé la tête.

— Connaissez-vous cette bête-là, Franck ? Ne tirez plus ; elle a son compte ; voyez, elle tourne sur elle-même. Ici donc, Rumph! un dernier coup de griffe ou de dent vous escloperait.

Franck abaissa le canon de son fusil et examina la bête agonisante.

— Ce n'est pas une bête de nos contrées d'Alle-

magne, dit-il, ce n'est ni un lion ni un tigre. Le
docteur nous dira son nom.

— Tapaï, tapaï, dit un des nègres du docteur.

— Cet esclave ne sait ce qu'il dit, s'écria le
docteur, arrivé à l'improviste. Cet animal est un
jaguar de la grande espèce, et je n'ai lu nulle part
qu'on lui donnât le nom de tapaï... Est-il bien tué,
mes amis?

— Pas tout-à-fait, docteur, répondit Fritz, mais
il n'en vaut guère mieux. Voyez, sa tête se soulè-
ve, son corps frissonne. La balle a dû lui entrer
dans le crâne.

Quand le corps resta immobile, une des pattes,
raidie par la mort, se dressa en l'air.

— Voilà qui est fini, dit Franck.

Il s'avança, puis recula d'un pas; l'horrible
bête était encore si effrayante dans la mort, que le
bon Allemand jugea prudent de ne pas trop s'en
approcher. Le docteur montrait le plus de prudence, et il avait raison : éviter le danger, quand
on le peut, n'est pas preuve de lâcheté.

Fritz avait eu raison de dire que la balle avait
pénétré dans le crâne : l'œil gauche lui avait
servi de passage. On traîna le cadavre auprès des
chariots, mais il fallut l'en éloigner, car les chevaux se mirent à renâcler et à piétiner.

On enleva la peau, laissant aux carnassiers de
ces forêts un splendide festin de chair fraîche.
Alors Fritz sonna une fanfare de triomphe; les
sons roulèrent sous les grands arbres et rendirent

une mélodie douce et mourante dans les profondeurs des forêts.

Les derniers sons n'étaient pas encore éteints quand ils aperçurent un des noirs du docteur qui accourait en faisant de grands gestes avec les bras. Dès qu'il fut arrivé, il prit le docteur par la manche, et lui dit en son mauvais langage :

— Venez, maître, j'ai trouvé.

Il l'entraînait vers l'endroit d'où il venait. Les Allemands le suivirent, la carabine à la main. Dans un petit espace entouré de grands arbres, s'élevait un tumulus. L'aventure des fourmis était trop récente pour que le docteur se laissât emporter une seconde fois par son ardeur scientifique. Le noir le devina ; il monta sur le tumulus et se mit à faire des sauts qui eussent effondré une hutte de fourmis. Rassuré, le docteur s'approcha, considéra la hutte, en fit deux fois le tour, puis monta au sommet. Sa figure était radieuse. Ses noirs et les Irlandais coururent chercher des pioches et des pelles : le docteur leur indiqua le point qu'ils devaient entamer. Les travailleurs y mettaient toutes leurs forces ; ils savaient que le docteur avait dans ses bagages des gourdes pleines de rhum.

Il faudrait avoir vu quelquefois un savant antiquaire sur un lieu qui lui promet une découverte, pour se figurer l'attitude et l'animation du docteur. Fritz, qui se trouvait partout, ramassa un

morceau de poterie, et, le montrant au docteur,
il lui dit :

— Voilà un débris du pot au feu des anciens
habitants du pays, monsieur le savant.

Strolz sauta dessus comme sur un trésor.

— Vous avez deviné, jeune homme ; oui, vous
avez deviné ; vous deviendrez quelque chose.
C'est une anse de vase ; elle tient encore à un
débris du pot. Cherchez, mes amis, mais ne brisez
rien !

Il s'assit sur le bas du tumulus, tournant et re-
tournant l'objet entre ses mains.

— Terre rouge, veinée de bleu... cuisson par-
faite... Combien de siècles se sont-ils écoulés depuis que ce débris est enfoui !

Un cri des travailleurs, qui s'étaient déjà
avancés sous le tumulus, le fit se lever vivement.

— Qu'avez-vous trouvé, mes amis ?

Ils lui répondirent en jetant à ses pieds un
crâne humain parfaitement conservé. Il poussa
un cri de joie, saisit le crâne, et parut tout oublier dans son examen. Fritz était debout devant
lui.

— Voyez ce crâne, jeune homme ; remarquez
l'élévation de la voûte du cerveau. C'est un indice certain que les premiers habitants de ces
contrées appartenaient à la race asiatique. Je
m'explique leur migration : ils sont venus par le
nord du continent asiatique ; il y a un passage.
Alors, la température de la terre était plus élevée

qu'aujourd'hui ; ce qui le prouve, jeune homme,
c'est qu'on trouve des éléphants dans les glaces
de la Sibérie. L'éléphant n'appartient plus qu'aux
chaudes contrées de l'Asie et à la brûlante Afrique.

Il regarda la face du crâne.

— Les os des pommettes sont très saillants ;
c'est encore un indice de la race asiatique du
nord, non du centre ; il indique la race mongole
ou tartare. Ces os maxillaires sont terriblement
proéminents ; l'angle facial n'a pas plus de 45 à
50 degrés ; ce crâne ne serait-il point celui d'un
noir ? Cela pourrait être : l'os frontal est court,
recourbé et déprimé sur les tempes ; la boîte
osseuse est presque ronde ; c'est la ligne africaine. Venez ici, Gédéon ! approchez votre tête
de ce crâne !

Gédéon, au lieu d'obéir, fit un saut en arrière
et une grimace de dégoût.

— Bête stupide ! dit le docteur. Il est malheureux que le nez n'ait laissé que les os : sa forme
aquiline, droite, ou épatée, m'eût certainement
renseigné. Cependant, le volume de ce crâne est
énorme ; il pourrait bien indiquer la race finlan-
daise... la lapone, par exemple.

— Des os, maître ! crièrent les travailleurs.

Il posa le crâne et se jeta sur les os.

— Des tibias... des fémurs... quelle grandeur !
Ce sont les os d'un géant ! Je ne m'étonne plus
du volume du crâne... les os du géant Tilobochus
ne sont pas plus grands.

A l'instant, les travailleurs roulèrent au-dehors un crâne qui n'appartenait ni à la race mongole, ni à la lapone, ni à la tartare, ni à l'asiatique, ni au nègre africain. C'était bel et bien une tête de cheval. Le docteur tomba dans de si profondes réflexions qu'il n'entendit plus ce qui se faisait ou se disait autour de lui.

Les piocheurs firent sortir une grande quantité d'ossements, des débris de vases en terre, des pointes de flèches armées de cailloux et des dents longues et pointues. Le docteur, à cette vue, sortit de sa rêverie, et dit :

— Je ne doute point, maintenant, que ce tumulus ne soit un monument funéraire ; mais, indiquer la race de l'être dont voici le crâne, me paraît impossible. Ce crâne a les types de toutes les races antiques ; comment assigner celle à laquelle il appartient ?

— A la race d'Adam, dit Fritz, qui écoutait ce monologue.

— Jeune homme, il faut toujours y remonter, répondit le docteur, mais comment attribuer à la seule influence du climat les différences qui séparent si profondément les races. Problème insoluble ! Certes, jamais le crâne d'un Peau-Rouge n'a été ainsi conformé. Il est donc, ce crâne, antérieur à l'établissement des Peaux-Rouges dans cette contrée.

— Permettez, dit Fritz, qui avait aussi fait de son côté ses petites réflexions. Je suis encore bien jeune, cependant j'ai eu l'occasion de connaître bien des familles ; j'ai eu rarement l'occasion de remarquer que toutes les têtes fussent jetées dans le même moule. De toutes ces différences, une a pu prévaloir et passer aux enfants, et, le climat aidant, voilà une nouvelle race, puisque vous le jugez par la conformation du crâne.

— Jeune homme, lui dit le docteur, vous ferez un jour quelque chose ; peut-être y a-t-il en vous l'étoffe d'un antiquaire.

— Docteur, répondit Fritz, je ne demande qu'une chose à Dieu : c'est que je devienne un homme.

Le docteur ne lui répondit pas ; les débris d'ossements, de poterie et d'armes roulèrent à ses pieds. Fritz s'éloigna ; son instinct de chasseur lui faisait pressentir un orage

— Maître Henrick, dit-il au père de famille, nous allons entendre le vent siffler ; la pluie va probablement tomber à torrents. Assurons les chariots et la tente pour les animaux.

Henrick regarda le ciel : il comprit que Fritz prévoyait un orage, dont il entrevoyait aussi les approches. Les chariots se trouvaient sur un lieu élevé ; ils coupèrent de longs et forts pieux, les enfoncèrent contre les roues, qu'ils y fixèrent avec des lianes. Ils en jetèrent des cordons sur les toiles des tentes. Il se trouva ainsi un assez grand espace entre les trois chariots, où les bêtes pourraient être abritées ; elles s'y trouveraient attachées, chacune à un pieu enfoncé en terre.

Le docteur, absorbé par ses découvertes, n'avait pas le temps de penser à l'orage. Les éclairs, suivis de violents roulements de tonnerre, le tirèrent de sa concentration d'esprit.

— Nous avons ici un abri, dirent les travailleurs, et nous y restons.

Ses nègres rassemblèrent les chevaux, mais rien n'était préparé pour les couvrir ; Heurick fit dresser sa troisième tente, en l'adossant aux chariots. La famille Hamburg remplissait le chariot des femmes ; le docteur refusa d'y monter et s'abrita dans un des deux pleins de bagages ; les nègres se couchèrent dessous.

Ces précautions furent prises dès le début de l'orage : il éclata avec une violence inouïe. Quoique le rideau d'arbres amortit la fureur des vents, elle était telle que plusieurs fois ils crurent que les chariots allaient être emportés. La succession rapide des éclairs éblouissait les yeux, et le fracas du tonnerre assourdissait les oreilles. S'ils avaient été surpris en route, et sans mesures protectrices, il leur serait probablement arrivé des malheurs.

La mère de famille pria d'abord à voix basse avec ses filles, puis à haute voix. Tous répondirent bientôt, car l'orage redoublait avec une si épouvantable fureur que tous les cœurs étaient glacés. Le craquement des branches, le bruit sourd des arbres qui tombaient déracinés, se faisait entendre dans les intervalles que le tonnerre

ne remplissait pas; il fut bientôt couvert par un
frémissement, d'abord incertain, puis distinct,
puis terrible. C'étaient les torrents qui descendaient bondissants dans la petite vallée. Les eaux
s'élevèrent, boueuses, jusque sur le tertre où se
trouvaient les chariots, puis elles l'envahirent,
puis enfin elles s'élevèrent jusqu'aux essieux des
roues. Les bêtes mugissaient, piétinaient dans
l'eau, qui atteignait leur poitrail.

— Henrick, s'écria douloureusement sa fem
me, nous allons périr. Prenez les cuirasses et
tenons-nous enchaînés.

Les pauvres femmes en prirent par-dessus
leurs habits. L'eau pénétrait déjà dans le chariot, quand un coup épouvantable de tonnerre,
accompagnant l'éclair, brisa les arbres voisins,
dont les branches furent lancées sur les chariots.

Ce fut la fin de cet effrayante orage : la pluie
cessa de tomber, les eaux baissèrent, et le tertre
se trouva boueux, mais au-dessus des eaux cou-
rantes.

Le jour touchait à sa fin ; il ne fallait pas son-
ger à continuer le voyage ; mais, la nuit passée
sur ce sol détrempé devait être aussi désagréable
que pénible. Pour chasser une humidité malsaine,
ils mirent à profit ce qui leur restait de jour pour
amasser une grande quantité de bois. La terre
se trouva jonchée de branches, de troncs entiers
d'arbres; le sol fut déblayé de la boue qui le
couvrait, les chariots conduits à l'écart, tandis

qu'un immense brasier desséchait le sol où ils
devaient passer la nuit. Fritz, Tom et Job, qui
avaient pris le jeune homme en vénération depuis la mémorable soirée de l'arrivée de la famille Hamburg chez Keller, s'écartèrent du campement pour explorer les alentours. Ils revinrent
chargés de gibier, que les torrents avaient surpris. Il y eut pour un repas homérique, qui fut
cuit, rôti, grillé sur les charbons ardents du
brasier.

Le docteur Strolz ne prenait aucune part à
tous ces préparatifs : plongé dans une morne
rêverie, il se tenait le visage tourné vers le tumulus. Les torrents avaient charrié toutes ses
trouvailles, même le crâne de cheval, dans une
espèce d'étang qui se trouvait au fond de la
vallée ; les poteries, les bouts de flèches, le tumulus lui-même, étaient ensevelis sous une couche épaisse de limon. S'il était permis à un savant de pleurer, le docteur eût certainement ré-
pandu des larmes amères. Il rêvait bien triste-
ment, quand on vint l'inviter à prendre part au
festin. Probablement que les fumées qui s'exha-
laient autour du foyer éveillèrent en lui le sens
de l'odorat ; il fit deux ou trois aspirations profondes, puis vint s'asseoir dans le cercle formé
autour des viandes fumantes. Le vin manquait,
le vin, ce stimulant de la gaieté ; aussi, le repas
ne fut bruyant que du côté de la mastication.
Ceux qui ont assisté à des repas où les noirs sont

en majorité ont dû remarquer que si leurs mâchoires fonctionnent énergiquement, elles ne le font pas à la sourdine, et il y avait là présents, fonctionnant, bon nombre de noirs, qu'aucun accident, aucune inquiétude, **ne** saurait priver d'appétit.

IV. — **Arrivée à un établissement.** — Réception des émigrants. — Festin de l'hospitalité. — Soirée musicale. — Messager de Keller. — Ils changent de route. — Fritz va se promener au clair de la lune. — Son aventure. — Arrivée du navire. — Embarquement. — Les crocodiles.

Le voyage se continua à travers des forêts que n'avait pas épargnées l'orage, et que les eaux avaient laissées couvertes de limon. La marche était excessivement pénible, surtout pour les bœufs qui traînaient les chariots. Ils atteignirent enfin une contrée sèche ; tout y annonçait le voisinage d'un établissement : de larges éclaircies s'ouvraient à travers les arbres ; les sentiers, plus nombreux et plus battus, indiquaient une circulation fréquente. Plusieurs fermes étaient établies dans cette région, à une faible distance les unes des autres ; la population y était nombreuse et active.

Le premier habitant qui découvrit la caravane courut à l'établissement : les sons d'une cloche se firent entendre, et les émigrants virent les gens de l'établissement venir à leur rencontre. Chacun donna un coup de main pour hâter la

marche ; les questions se succédaient, mais com ·
me elles étaient faites en anglo-américain, la famille de Henrick ne pouvait y répondre. Fritz se
mêla à la conversation, et, moitié anglais, moitié
gestes, il parvint à se faire comprendre.

Ce fut donc autour de lui que les curieux se
rassemblèrent : il avait ses deux aides-de-camp,
Tom et Job, qui expliquaient à tort et à travers
ce qu'ils croyaient comprendre des discours de
Fritz. Il en résulta que les deux noirs, qui pouvaient mieux se faire comprendre que les Allemands, élevèrent Fritz si haut dans leurs discours, que les colons, malgré sa jeunesse, le prirent pour le chef de l'émigration et eurent pour
lui des égards extraordinaires, s'occupant peu
des autres arrivants. Le docteur savait un peu
d'anglais, mais il le prononçait comme les Allemands prononcent en parlant une langue étrangère ; il excita plus d'un sourire. Fritz reçut tous
les honneurs de la réception.

Les familles qui s'établissent dans l'intérieur
des terres, loin des centres de population, ont
toujours dans leurs mœurs quelque chose de
patriarcal. L'étranger est le bien-venu ; on lui
fait fête ; on l'interroge ; quel qu'il soit, il joue
toujours un certain rôle. S'il a de l'intelligence,
de la facilité à parler, il devient un homme précieux ; il est cajolé, accablé de petits soins ; en
un mot, il joue le rôle principal. Notre ami Fritz
le jouait sans l'ambitionner ; il devint le centre

de la réunion; ses deux noirs interprètes tâchaient
de lire ses pensées dans ses yeux; ils étaient
fiers de lui servir de truchemans.

Les bons Allemands profitèrent de cet abandon
pour soigner les attelages, visiter leurs chariots,
et préparer un gîte doux et commode pour les
femmes. Le docteur, retiré dans un coin de l'habitation, consignait sur son journal les pertes
qu'il avait faites d'objets antiques trouvés dans
un tumulus dont il assignait l'origine à des temps
antérieurs à l'établissement des Peaux-Rouges
dans la vaste étendue de la vallée du Mississipi.

Le repas mit fin à toutes les occupations. Nous
allons en donner une idée. Beaucoup d'Américains
ont conservé les habitudes de la vieille Angle-
terre : la soupe se mange à la fin du repas. La
table pliait sous le poids des larges plats qui con-
tenaient des quartiers de bœuf entiers surmontés
de pyramides de pommes de terre et d'autres
légumes ; des corbeilles d'osier pleines de tran-
ches de pain s'élevaient à côté de ces monceaux
de viandes et de légumes. Une longue broche,
portant un chevreuil entier, se trouvait en travers de la table, supportée par des fourchettes
en bois ; des chapelets de volaille et de gibier
pendaient fumants au bout d'autres broches plus
petites et fixées horizontalement sur la table,
depuis le haut bout jusqu'au bas bout. Joignez à
cela des calebasses pleines de bière, de liqueurs
inconnues en Europe, et pour coupes, des moitiés

de noix de coco, de gourdes, ou des poteries. Des torches de bois odorants répandaient leur clarté et leurs parfums sur les convives. C'était un festin antique.

Tous les honneurs du festin furent rendus à Fritz. Il les recevait en homme habitué à de pareilles déférences. Les bons Allemands buvaient, mangeaient, et ne remarquaient rien. Le docteur, homme distingué par ses connaissances et par ses manières, se tenait au second plan. Il comparait ce qu'il savait de l'histoire écrite des peuples de la vallée du Mississipi, avec ce qu'il avait pu observer depuis qu'il était en Amérique, et arrivait toujours à cette conclusion :

— J'avais découvert des antiquités qui avaient échappé aux voyageurs qui m'ont précédé ; ce tumulus renfermait les objets les plus précieux : il faut qu'un orage soit venu me dépouiller du fruit de mes recherches laborieuses.

Il restait un instant pensif, puis, pour se consoler, suivait l'exemple donné par les autres convives.

Tom et Job n'avaient pas manqué de raconter aux noirs de l'habitation que Fritz était si habile musicien, qu'il pourrait faire danser les pierres. Ils s'étaient étendus amplement sur les joies de la première soirée de Fritz chez le maître Keller. Toute la population noire aurait donné quoi que ce fût pour entendre le grand musicien. Tom, l'ingénieux Tom, alla décrocher le cor de Fritz,

pendu dans le chariot, en mit l'embouchure entre
ses grosses lèvres, gonfla les joues et envoya un
véritable ouragan d'air dans le cor de chasse.
Toute l'habitation en retentit. Si le son d'un instrument de cuivre pouvait ressembler au bruit
du tonnerre, certes, les convives eussent cru
qu'il leur envoyait un coup en passant dans les
nuages. Fritz ne s'y méprit pas, il connaissait son
Tom et ses tentatives harmonieuses.

— Maître, dit-il à Henrick, on nous demande
de la musique.

C'était attaquer la corde sensible des braves
Allemands : ils se levèrent comme s'ils eussent
été sous l'impulsion d'une baguette magique, et
revinrent avec leurs instruments.

Fritz sonna seul une fanfare, c'était son fort ;
toute la gent noire se mit en mouvement, comme
une meute à l'ouverture de la chasse. Quand les
quatre instruments, embouchés par les Allemands, se firent entendre et jouèrent de ces sym-
phonies allemandes, qui ont tant de charmes,
qui impressionnent si vivement les auditeurs, il
se fit tout-à-coup un silence profond, et l'attention se concentra sur les musiciens. Derrière le
cercle des maîtres, le cercle noir des esclaves se
pressait haletant, leurs grands yeux démesurément ouverts, leurs bouches étalant deux rangées
de dents d'ivoire ; enfin, leurs narines, qui semblaient aspirer les sons, donnaient à cette assemblée un aspect si étrange, si sauvage, et en même

temps si admiratif, qu'il est impossible de le décrire.

On accourut des autres habitations, et bientôt les auditeurs se virent forcés de rester au-dehors. Ce fut une soirée de fête comme jamais les habitants de l'établissement n'en avaient vue. Le lendemain, on fit les plus vives instances pour retenir les émigrants encore un jour ; mais ils avaient leur itinéraire tracé par le patron Keller ; ils voulurent s'y conformer et se rendre le plus promptement possible au lieu de leur destination ; on attela les chariots. Tous les habitants voulurent qu'ils emportassent un témoignage de leur reconnaissance pour le plaisir qu'ils leur avaient procuré. Chacun ajouta quelque chose à leurs provisions de route, en leur donnant tous les renseignements pour continuer leur marche ; enfin, deux jeunes gens de l'établissement se proposèrent pour leur servir de guides jusqu'aux établissements voisins.

Déjà les chariots et le reste de la caravane avaient perdu de vue les établissements, et entraient dans les sentiers frayés dans la forêt lorsqu'un cavalier, suivi d'un noir, les atteignit.

— Henrick Hamburg ? demanda-t-il.

Henrick arrêta son cheval et lui dit :

— Je suis celui que vous demandez... Je vous écoute... parlez.

— De la part du négociant Keller, dit le cavalier en lui présentant une grosse lettre.

Elle était écrite en allemand, et Henrick savait lire ; néanmoins, il fut obligé d'avoir recours au docteur. L'écriture était tracée à la hâte et difficile à lire.

Dans cette lettre, Keller lui recommandait de changer de route, de descendre dans la vallée du fleuve, de s'arrêter sur ses bords au premier lieu où il trouverait une petite crique et de s'installer dans le voisinage, en ayant soin d'avoir le fleuve en vue. Il ajoutait :

« Demain, une grande barque pontée remontera le Mississipi ; le patron vous prendra à son bord et vous donnera de nouvelles instructions. »

La route qu'ils devaient d'abord suivre ne s'éloignait des rives du fleuve que pour que les émigrants pussent profiter des sentiers qui conduisaient d'établissement en établissement en avançant dans l'intérieur des terres ; mais elle suivait toujours le cours du fleuve, non loin duquel les établissements étaient situés. Ils n'eurent donc qu'un court trajet à faire pour arriver en vue du fleuve.

Le Mississipi, comme le Gange, comme le Nil, éprouve des crues périodiques à l'époque de la fonte des neiges sur les montagnes au bas desquelles il prend sa source ; il reçoit les nombreux affluents qui descendent des pentes orientales de la chaîne de montagnes qui court du nord au sud des deux Amériques. Les eaux étaient alors

basses, mais le fleuve n'en offrait pas moins un
spectacle imposant. Il coulait dans une vallée
très étendue, presque aussi unie qu'une plaine,
et parsemée de forêts magnifiques dont l'épaisseur
diminuait vers les rives du fleuve, qui, chaque
année, dans ses inondations, emportait toujours
des arbres et souvent des pans de forêts. Cette
magnifique nappe d'eau pouvait avoir, dans l'endroit où ils la découvrirent, environ deux milles
allemands de largeur. Les eaux descendaient
lentement, à travers des îlots couverts de verdure, qui leur semblèrent descendre doucement
le cours de l'eau. Ils s'en approchèrent avec
difficulté, quoique les arbres fussent clair-semés,
mais le sol se trouvait embarrassé de hautes
herbes, de buissons fort serrés, et de grands
roseaux, qui se dressaient comme une forêt im-
pénétrable. Le messager envoyé par Keller les
accompagnait. Il les avertit de ne pas avancer
dans les roseaux, de retenir leurs chiens, qui
pourraient être tentés de courir au fleuve, parce
que ses bords étaient infestés de crocodiles ou de
caïmans.

A un demi-mille en avant, un bouquet d'arbres
dominait les alentours; ils s'y rendirent et établirent leur campement au pied de ce monticule :
des pacages abondants se trouvaient dans le
voisinage, et un petit ruisseau coulait tout auprès.
Le guide dit :

— Peut-être attendrons-nous ici la barque

durant quelques jours ; il faut mettre ce campement à l'abri des attaques des hommes et des
carnassiers. La nuit, les crocodiles quittent les
bords du fleuve et vont chercher leur proie dans
les terres ; on en a trouvé qui s'étaient aventurés
jusque dans l'intérieur des forêts en remontant
les cours d'eau qui les traversent avant de se rendre dans le fleuve.

Tandis que les noirs allèrent couper des herbes,
amasser des feuilles vertes pour la pâture des
troupeaux durant la nuit, Hamburg et sa famille
coupèrent des roseaux, des branches d'arbres, et
entourèrent le campement d'une forte palissade.
Le soir, ils allumèrent de grands feux au-devant
du retranchement pour effrayer les crocodiles, et,
après avoir pris toutes les mesures pour assurer
leur sûreté, ils se livrèrent à un repos dont ils
avaient tous besoin.

Nous avons déjà dit que Fritz, malgré son
nom allemand, était d'origine française : tout
en lui révélait cette origine et contrastait avec la
lenteur, le calme et la placidité des Allemands
qui l'avaient adopté. Tandis que ceux-ci, molle-
ment étendus sur leurs couches de feuillage, se
livraient au sommeil, les yeux de Fritz restaient
éveillés, et bien éveillés, même. D'une nature
impressionnable, il avait été frappé du spectacle
grandiose et magnifique du fleuve, de ses rives
si splendides en végétation et en verdure ; Fritz
s'imagina que ce spectacle devait être encore plus

enchanteur quand les ténèbres, à demi éclairées
par la lune, qui était dans son plein, lui permet-
taient de le contempler. Fritz aimait les situations
aventureuses : le messager avait parlé de crocodiles rôdeurs durant la nuit, il désirait en voir un,
non pas l'attaquer (il savait que la balle glisse
sur ses écailles), mais il voulait en voir un. A son
âge on cède aisément à l'entraînement des dé-
sirs. Mais il n'était pas imprudent : il éveilla ses
deux aides-de-camp, Tom et Job, que berçaient
peut-être de doux rêves, dans lesquels ils re-
voyaient l'abondance gastronomique du soir précédent et entendaient cette musique allemande
qui leur plaisait tant. Les deux bons noirs, habitués à obéir aux caprices des maîtres, ne se plai-
gnirent point du trouble apporté à leur sommeil ;
en eussent-ils eu envie, c'était Fritz qui les éveil-
lait, et Fritz n'était pas un homme ordinaire. Dès
qu'ils virent qu'il était armé, ils s'armèrent
aussi et le suivirent hors du campement. Un
des chiens de garde dressa la tête, puis la baissa :
ceux qui sortaient étaient des gens de connaissance.

— Master Fritz, dit Tom, moi détacher Rumph,
lui être bon à marcher en avant.

Rumph fut détaché, et les trois promeneurs
nocturnes eurent en lui un éclaireur qui ne se
trouvait pas de trop dans ces solitudes.

Fritz s'avançait plein de sensations qu'il n'avait
point encore éprouvées ; Tom et Job, à un ou

deux pas derrière lui, réglaient leur marche sur
la sienne, tournant la tête quand il la tournait,
et levant leurs regards vers le ciel quand il con-
templait la lune silencieuse s'élevant dans un ciel
sans nuages et versant ses pâles clartés sur les
eaux étincelantes du fleuve et sur la sombre verdure de ses rives. Il est bien certain que les noirs
ne partageaient pas les sensations de Fritz, mais
ils faisaient ce qu'ils voyaient faire, et cela leur
suffisait. Ils descendaient doucement vers le fleuve, suivant les petits sentiers tracés à travers les
roseaux.

Tout-à-coup Rumph gronda sourdement et se
replia vers Fritz.

— Master Fritz, Rumph me rappelle les crocodiles... moi sentir le musc.

Ils entendirent, à vingt pas en avant, craque-
les roseaux, Tom saisit Fritz, le jeta sur son
épaule et battit en retraite de toute la rapidité
de ses jambes. Job le suivit avec autant de rapidité, et quand ils furent hors la forêt de roseaux,
Tom déposa Fritz à terre et ne dit que ce mot :
Crocodile.

Fritz comprit qu'il venait de courir un grand
danger. Il serra la main de Tom, et se retourna
vers les roseaux. Job était resté un peu en arrière
et reculait pas à pas : c'est qu'il voyait briller les
écailles de l'animal, et ce long corps qui s'avançait lentement vers lui. Rumph était un vaillant

chien, mais il sentait que la partie n'était pas égale et reculait prudemment.

— Ah ! je le vois, dit Fritz ; bon Dieu, qu'il est gros et long !

— Nous nous en aller, master Fritz... lui, avoir la gueule large comme cela.

Il étendit les bras.

— S'il va au campement, Tom, il brisera les palissades comme on brise une paille.

— Oh ! non, master Fritz, lui avoir peur du feu.

— Si nous lui envoyions nos trois balles, Tom, dans cette gueule grande comme l'ouverture de tes bras, elles pénétreraient, sa gueule n'est pas garnie d'écailles ?

— Il l'ouvre pour saisir master Fritz, et nous sommes encore loin ; tenez, le voilà ; la lune l'éclaire tout entier. Faut-il tirer, master Fritz ?

— Holà ! Job, attention ! vise à la tête. Feu !

Les trois détonations retentirent presque en même temps. Le crocodile tourna son long corps, et se mit à fuir vers les roseaux plus rapidement qu'il ne s'avançait vers eux.

— Il ne reviendra plus, master Fritz. Rentrons au campement. Nous les avons éveillés ; il faut conter l'histoire.

L'explosion des trois coups de fusil avait effectivement mis le campement en émoi : l'arrivée de Fritz et des deux noirs rassura les émigrants. Pour se garantir des crocodiles, on jeta une grande quantité de bois dans les feux, qui commençaient à s'éteindre, et bientôt le silence le plus complet régna sur le campement.

Le matin, madame Hamburg manda Fritz.

— Enfant, lui dit-elle (elle lui donnait toujours cette dénomination), vous avez couru cette nuit un véritable danger, s'il faut en croire Tom. Pourquoi vous y exposiez-vous, Fritz ? vous savez combien vous nous êtes cher à tous ?

Fritz aimait et respectait cette digne femme : elle lui avait servi de mère, lui avait passé bien des étourderies, que la chaleur du sang français lui faisait commettre ; aussi lui répondit-il avec soumission, et en lui témoignant son regret de l'avoir affligée.

— Fritz, mon enfant, je vais vous infliger une punition. Dans la contrée que nous allons habiter, les dangers seront fréquents, mes filles et moi y serons exposées : vous ne nous quitterez pas, Fritz. Votre carabine est la plus sûre de celles de la famille ; vous nous protégerez à chaque instant du jour ; mes filles sont vos sœurs, Fritz, et je suis votre mère. Vous ne vous éloignerez point de nous.

Fritz lui prit la main.

— Mère, lui dit-il, j'avais songé à cela. Henrick et mes frères auront leurs occupations souvent loin de vous. Moi je serai auprès de vous et de mes sœurs.

— Vous êtes un bon fils, Fritz, dit madame

Hamburg en prenant entre ses mains la tête du jeune homme, et le baisant au front. Ne sortez plus la nuit, mon fils; les dangers du jour sont assez nombreux sans rechercher ceux de la nuit.

Les émigrants, guidés par Tom, se rendirent au lieu où ils avaient tiré sur le crocodile; on suivit sa trace jusqu'au fleuve, et l'on ne découvrit rien qui portât à penser que cette affreuse bête avait été atteinte par les balles. On fit une découverte plus intéressante : Tom prétendit avoir aperçu, dans le lointain, en aval du fleuve, la voile d'un navire. Les îlots disséminés le long du Mississipi dérobèrent quelque temps cette voile aux regards des émigrants; enfin ils purent la distinguer dans un lointain qui leur permit d'espérer qu'elle arriverait sur ce point de la rive avant la chute du jour.

Ils élevèrent, sur la partie la plus visible de la rive, un grand bambou, au haut duquel flottait un pavillon, et retournèrent porter cette nouvelle au campement. Tout le monde courut sur l'élévation pour voir ce navire, qui ne pouvait être que celui qu'envoyait leur patron Keller.

Le navire remontait le fleuve en profitant du remous qui se fait le long de ses bords. Bientôt ils l'eurent en vue de si près, qu'ils purent distinguer sa forme, apprécier sa longueur et sa capacité. De leur côté, les gens du navire avaient aperçu le signal et y répondaient par un coup de canon. Une demi-heure après, il touchait à la rive, entrait dans la petite crique, où il jetait son ancre.

Le patron de ce bâtiment remit une nouvelle missive à Henrick. Keller lui apprenait que, depuis peu, on avait cru remarquer des mouvements inquiétants parmi quelques tribus sauvages qui fréquentaient les vallées du fleuve ; qu'il craignait pour ses établissements plus éloignés vers le haut du fleuve, et que, à cause de cette crainte, il leur expédiait des renforts et des munitions de guerre. Il ajoutait que leur voyage serait plus sûr et plus rapide par eau que par terre. Ils devaient démonter leurs chariots, les charger sur le navire, et tuer, pour leur approvisionnement, les bœufs qui ne pourraient y trouver place.

On se mit aussitôt à l'œuvre. Le chargement des chariots, renfermé dans des caisses, fut facilement transporté sur le navire. Les chariots, fabriqués de manière à être facilement démontés, y furent aussi transportés ; mais il ne se trouvait pas d'espace suffisant pour les animaux, à cause de l'augmentation de leur nombre, depuis que le docteur Strolz s'était réuni aux émigrants. Les bœufs furent abattus pour conserver les chevaux, et l'on passa deux jours sur la rive pour boucaner leur chair. Enfin, le troisième, les émigrants, le docteur Strolz et sa suite, montèrent à bord du bâtiment. Ils se trouvaient alors au nombre de trente-cinq hommes et trois femmes, en y comprenant les gens de l'équipage. Le navire, fort chargé qu'il était, remontait lentement le fleuve, quoique le temps fût beau et le vent favorable. La navigation sur le Mississipi est dangereuse : souvent des îlots flottants barrent le passage ; des troncs de grands arbres, enfoncés dans le limon des rives, dressent leurs rameaux à fleur d'eau et deviennent ainsi un obstacle à une navigation libre.

Le quatrième jour de leur embarquement, ils aperçurent sur la rive une vingtaine de sauvages qui semblaient les observer. Le patron du navire mit le canot à l'eau, et y descendit avec quatre hommes bien armés. Il voulait tenter de s'aboucher avec eux et avoir des nouvelles de l'intérieur du pays.

Les émigrants observaient de dessus le pont les indigènes : ceux-ci s'étaient rapprochés de la rive dès qu'ils avaient vu le canot s'y diriger. Du haut du mât, où Fritz avait grimpé, il put voir plusieurs sauvages se détacher de la troupe et se glisser derrière les roseaux.

— Prenez garde ! cria-t-il au patron ; ces gens-là vous tendent un piége.

Le patron n'entendait pas l'allemand ; cependant il comprit l'intention de Fritz. Il dirigea le canot vers une partie de la rive qui se trouvait dégarnie et rase, puis éleva un lambeau de voile en signe de bonne amitié. Dix sauvages s'avancèrent sur la rive en répondant à ce signal. Le patron, qui avait longtemps vécu dans les forêts, employé dans la traite des pelleteries, entendait une partie des langues des sauvages et connaissait surtout leurs mœurs. Sans aborder, il dit aux sauvages :

— Pourquoi mes frères ne viennent-ils pas tous pour me recevoir? je leur apporte des présents d'amitié.

Il montrait des bracelets en verroterie, en parlant ainsi.

— Mon frère est le bien-venu, répondit un sauvage ; qu'il descende à terre.

Il évitait de répondre à la question du patron.

— Où sont mes autres frères? demanda-t-il une seconde fois; je les ai vus se cacher dans les roseaux, comme des crocodiles, et les crocodiles se cachent pour surprendre une proie.

Le premier messager, qui était resté à bord, avait ordonné aux matelots de s'approcher plus près de la rive : le navire s'en trouvait éloigné d'une portée de fusil.

Les sauvages ne s'étaient pas hâtés de répondre aux questions du patron; enfin, le même prit la parole et dit :

— Le crocodile est l'habitant des eaux, et nos frères habitent les forêts et les plaines... je ne sais pas ce qu'a voulu dire mon frère blanc.

— Je voulais témoigner de l'amitié à mon frère, répondit le patron, et il a caché ses hommes pour me surprendre... je me retire.

Le canot virait pour revenir à bord, lorsqu'un des sauvages poussa un cri guttural.

— Couchez-vous dans le canot, dit le patron à ses gens.

Il était temps : une fusillade partit du milieu des roseaux. Les balles claquèrent sur ses bords, mais personne ne fut atteint. La riposte ne se fit pas attendre : les deux petits canons de l'avant du navire envoyèrent une grêle de mitraille dans les roseaux. La fumée n'était pas encore dissipée, que les sauvages avaient laissé la rive déserte et s'étaient retirés dans les bois.

Quand le canot fut revenu, le patron dit aux émigrants :

— Ces sauvages appartiennent à la tribu des Pieds-Noirs; il faut bien qu'il y ait des mouvements dans les forêts pour qu'ils aient avancé si près des établissements. Hâtons-nous de nous rendre aux nôtres, ils sont plus exposés aux attaques que ceux de cette partie de la vallée; cependant, vous voyez que les Pieds-Noirs y sont descendus.

La navigation continua durant douze jours d'un temps favorable; le patron estimait qu'ils atteindraient le fort des établissements le treizième, s'ils n'étaient pas contrariés par les embarras du fleuve et par le temps. Malheureusement, une voie d'eau se déclara à l'avant. Il fallut chercher une crique pour s'arrêter et porter remède à cet accident. La côte était bordée de collines couvertes d'arbres; une rivière sortait d'entre deux collines et offrait à son embouchure un bassin où l'eau, étendue largement, pouvait ne couvrir qu'un sable peu profond.

Le bâtiment y fut ancré, et les matelots, descendus dans le canot, allaient en visiter l'avant, quand trois énormes crocodiles montrèrent leur grouin à fleur d'eau, puis leur dos écailleux, puis enfin la tête entière s'éleva au-dessus de la surface. Les matelots, qui n'étaient que dans un frêle canot, qu'un de ces monstres pouvait faire chavirer d'un seul coup, se hâtèrent de remonter à bord. Les trois hideuses bêtes nagèrent jusqu'au canot que l'on enlevait sur le pont : une d'elles se souleva au-dessus de l'eau, et d'un coup de grouin jeta le canot contre la bordure du navire. Il était défoncé par le coup et crevé par le choc.

— Ne tirez pas ! dit le patron, c'est inutile. Ne faites aucun bruit pour les effrayer; dans peu vous allez voir une jolie scène.

Un matelot lança, l'un après l'autre, plusieurs morceaux de bœuf dans le fleuve. Les monstres aquatiques se jetèrent dessus et les engloutirent. Le patron revint peu après; il tenait à la main un énorme morceau de chair gros comme un enfant de quatre ou cinq ans. Il le lança au milieu des trois crocodiles : un d'eux, c'était le plus gros, l'engloutit dans son énorme gueule et le fit craquer sous les terribles rangées de dents dont elle était armée. On lui entendit aussitôt pousser

un rugissement étouffé ; on le vit entr'ouvrir
démesurément les mâchoires, et le morceau de
chair attaché à la supérieure. Il ouvrait, fermait
à demi la gueule, mugissait sourdement ; tout
son corps s'agitait ; sa longue queue se soulevait
au-dessus de l'eau ; sa tête s'y plongeait, et l'eau
parut teinte de sang. La bête horrible plongea,
revint à la surface, la gueule teinte ; le morceau
restait toujours attaché à la mâchoire supérieure.

Fritz se trouvait sur le pont, spectateur de ces
convulsions ; il tenait sa carabine à la main.

— Jeune homme, lui dit le patron, vous pouvez lui envoyer une balle dans le gosier, l'ouverture est assez largement ouverte.

Fritz ne fit pas attendre le coup de feu : sa
balle laboura la gorge du monstre et se logea
dans les intestins.

Les sons, les rugissements sortirent éteints de
cette horrible gueule entr'ouverte, et en même
temps des flots de sang. Les deux autres crocodiles s'étaient enfuis précipitamment vers les
roseaux de l'embouchure de la rivière ; le blessé
restait, ne sachant ni où se diriger, ni s'il devait
plonger ou rester sur l'eau. Ce spectacle dura
plus d'une heure ; enfin, le monstre flotta sur le
côté, agité d'effroyables convulsions ; puis le dos
s'enfonça, et son ventre, d'un blanc sale, apparut
à la surface de l'eau. Il était mort.

Le patron avait croisé trois baïonnettes, en les
assujétissant fortement, les avait recouvertes de

chairs. Le crocodile, en cherchant à broyer ce gros morceau, s'était enfoncé les pointes des baïonnettes dans la mâchoire supérieure, dont tous ses efforts n'avaient pu les détacher. La balle de la carabine de Fritz avait hâté sa mort.

On put donc boucher la voie d'eau, et se pré- parer au départ; mais, comme la nuit approchait, le patron jugea prudent d'attendre le matin. Deux matelots descendirent sur le corps du crocodile : ils eurent peine à retirer les baïonnettes de sa gueule ; elles étaient tordues.

V. — Arrivée dans le voisinage des établissements. — Débar- quement. — Fritz dans la forêt. — Les nouvelles apportées par les éclaireurs. — Préparatifs de départ. — Heureuse étourderie de Fritz. — Campement. — Piége tendu aux Peaux-Rouges. — Leur défaite.

Deux jours après les événements que nous avons racontés dans le chapitre précédent, les émigrants arrivèrent en vue d'une espèce de promontoire couvert d'arbres : son prolongement dans le lit du fleuve lui faisait faire un grand détour; toute la force du courant se portait sur la rive gauche. Le patron dit bientôt :

— Les établissements sont à deux ou trois milles dans les terres, mais je suis étonné de ne pas voir flotter le pavillon américain sur la rive. Je crains qu'il se soit passé bien des choses de- puis que j'ai quitté les établissements.

chairs. **Le crocodile**, en cherchant à broyer ce gros morceau, s'était enfoncé les pointes des baïonnettes dans la mâchoire supérieure, dont tous ses efforts n'avaient pu les détacher. La balle de la carabine de Fritz avait hâté sa mort.

On put donc boucher la voie d'eau, et se préparer au départ; mais, comme la nuit approchait, le patron jugea prudent d'attendre le matin. Deux matelots descendirent sur le corps du crocodile : ils eurent peine à retirer les baïonnettes de sa gueule; elles étaient tordues.

V. — Arrivée dans le voisinage des établissements. — Débarquement. — Fritz dans la forêt. — Les nouvelles apportées par les éclaireurs. — Préparatifs de départ. — Heureuse étourderie de Fritz. — Campement. — Piége tendu aux Peaux-Rouges. — Leur défaite.

Deux jours après les événements que nous avons racontés dans le chapitre précédent, les émigrants arrivèrent en vue d'une espèce de promontoire couvert d'arbres : son prolongement dans le lit du fleuve lui faisait faire un grand détour; toute la force du courant se portait sur la rive gauche. Le patron dit bientôt :

— Les établissements sont à deux ou trois milles dans les terres, mais je suis étonné de ne pas voir flotter le pavillon américain sur la rive. Je crains qu'il se soit passé bien des choses depuis que j'ai quitté les établissements.

On avait recousu et réparé le canot d'écorce,

sont exposés les pionniers trop avancés dans les forêts, et il craignait que ceux des établissements n'eussent été massacrés par les Peaux-Rouges. Aussi, en voyant le canot revenir à bord, se porta-t-il vivement à l'échelle.

Les matelots lui rapportèrent qu'ils avaient suivi la petite clairière pratiquée à travers la lisière des forêts pour aller des habitations au fleuve ; que, arrivés dans les défrichements, ils avaient vu les champs en culture, des traces récentes du passage des hommes et des bestiaux, mais que, ne découvrant aucune créature vivante, ils ne s'étaient approchés qu'avec précaution du premier établissement ; ils l'avaient trouvé abandonné : il n'y restait que les meubles les plus grossiers, des pailles et d'autres fourrages. Après avoir examiné les palissades, comme elles étaient intactes, ils ne pouvaient imaginer la cause de cet abandon.

Le patron écouta ce rapport avec attention : la vie des forêts lui était connue, comme nous venons de le dire, mais lui aussi ne pouvait s'expliquer la solitude de l'établissement.

— Qu'on fasse approcher le bâtiment le plus possible du bord, commanda-t-il. Préparons-nous à débarquer.

La grande barque venait d'accoster ; tous les gens de l'équipage et les noirs opérèrent le transport des chevaux. Les émigrants voulurent aider à cette opération.

— Descendez à terre, leur dit le patron ; vous êtes bien armés, Tom et Job iront faire une reconnaissance dans la forêt, et vous, dès que le matériel des chariots sera à terre, vous vous hâterez de les remonter ; il faut qu'ils soient prêts à recevoir leur chargement au fur et à mesure que nous l'apporterons à terre. Je vous recommande surtout de ne pas laisser les chevaux s'écarter. Il faut que nous allions nous établir dans les bâtiments de l'établissement avant la nuit.

Les Américains sont des gens d'action et d'une activité prodigieuse, quand les circonstances l'exigent. Tout le monde se mit donc avec ardeur à l'ouvrage ; le docteur même, oubliant ses préoccupations scientifiques, aida de toutes ses forces au débarquement de la cargaison. Le pilote recommanda aux femmes de rester à bord jusqu'à ce qu'elles pussent aller sans crainte à terre. Fritz montait le canot, avec les hommes de la famille Hamburg ; il sauta sur la rive avec joie, les deux noirs le suivirent, et le fidèle Rumph se mit aussi de la partie. Ils étaient déjà sous le couvert des arbres quand les Allemands descendirent à terre.

Laissons s'opérer le débarquement, et suivons les trois éclaireurs dans la forêt. Les arbres atteignaient une hauteur prodigieuse ; le sol était mou, composé qu'il était de feuilles tombées depuis tant d'années ; des plantes rachitiques faute d'air et de soleil, perçaient cette couche épaisse de détritus : leur existence n'offrait qu'un faible obstacle au passage ; il n'en était pas ainsi des girandoles, des chaînes, des chapelets, des plantes grimpantes, qui, après avoir été chercher l'air et la lumière en grimpant jusqu'aux cimes des arbres, laissaient pendre leurs filets verdoyants dans les espaces vides ; tombés sur le sol, ils y prenaient racine, lançaient de nouveaux jets, s'accrochaient aux troncs, aux autres plantes grimpantes, s'étendaient en escaladant de rameaux en rameaux, et atteignaient les cimes les plus élevées des arbres. C'était à travers ce lacis de tiges qu'il fallait s'ouvrir un passage dans une demi-obscurité, car la lumière, filtrée par tant et tant d'obstacles, ne pénétrait que par minces filets jusqu'au pied des arbres.

— Master Fritz, dit Tom, Rumph ne s'écarte point de nous ; voyez-le, il est sur les talons de Job. Je n'entends cependant que les cris confus des oiseaux ; à terre, là où nous marchons, il n'y a que le bruit de nos pas.

— Ici, Rumph ! ici, mon bon chien ! dit Fritz ; cherchez, cherchez bien à l'entour.

Rumph regarda Fritz ; celui-ci répéta son ordre en y ajoutant un signe de la main. Le chien se lança d'un bond en avant et disparut sous les lianes. Ils avancèrent et trouvèrent bientôt le bout de la forêt. A leur grand étonnement, ils virent le fleuve et le petit navire, sur lequel tout le monde s'occupait activement. Ces erreurs sont fréquentes dans les forêts, quand on les parcourt sans boussole. Rumph avait probablement compris que son maître le renvoyait au lieu du débarquement ; ils l'y trouvèrent autour des émigrants, qui avaient déjà remonté deux chariots.

— Prenez les chiens avec vous, Fritz, et allez voir si la route est praticable, ainsi que le prétend le patron. Que Tom et Job prennent des haches et des coutelas pour détruire les obstacles que vous rencontrerez. Vous ne pourrez vous égarer, les arbres ont été abattus sur la route.

Le voilà dans la clairière ; Tom et Job coupent, en marchant, les lianes pendantes ; Fritz le fusil à la main, observant aussi loin qu'il pouvait voir, et prêtant l'oreille à tous les bruits. Après un mille environ de marche, la clairière s'élargit et une plaine apparut dans le lointain.

— Tom, nous voici bientôt dans la plaine, le passage est libre ; monte sur ce grand arbre et explore bien le pays ; il faut que Henrick croie qu'il est dangereux, puisqu'il m'a fait tant de recommandations d'être prudent.

Au lieu de grimper le long du tronc, l'agile Tom saisit des filets de lianes et atteignit bientôt la cime de l'arbre.

— Master Fritz, cria-t-il, je vois là-bas, à plus d'un mille, quelque chose qui ressemble à des cabanes.

— C'est l'établissement, Tom... tu ne vois point s'en élever de fumée ?

— Non, master Fritz... A droite, plus près, voilà des champs de maïs... à gauche, beaucoup de verdure.

— Regarde encore, Tom, et descends si tu ne vois rien... En vérité, se dit-il à lui-même, parce que nous ne sommes plus en Allemagne, Henrick s'imagine qu'il y a des dangers à chaque pas. Eh bien ! Tom, pourquoi ne descends-tu pas ?

— Oh ! master Fritz ! oh !

— Qu'y a-t-il, Tom ?

— Venez ici, master Fritz, vous grimpez comme un singe, venez...

— Holà ! Rumph... holà ! vous autres... qu'ont-ils donc ?... Job, attache ces chiens.

Il posa sa carabine au pied de l'arbre et suivit le même chemin que Tom avait suivi pour atteindre la cime de l'arbre.

Dès qu'il eut jeté les regards dans la direction indiquée par Tom, il découvrit, derrière le champ de maïs, une troupe de cavaliers qui se tenaient à l'abri des hautes tiges et semblaient attendre.

— Les Peaux-Rouges, master Fritz... ils sont nombreux. Voyez, ils tournent le champ ; les voilà au galop vers les habitations.

— Job, musèle les chiens. Tiens-les fortement, Job, il y a du danger.

Ce jeune homme de dix-sept ans avait entendu raconter, depuis qu'il se trouvait en Amérique, tant d'aventures sur les Peaux-Rouges, et tou-

jours si terribles, qu'il sentit son cœur battre
violemment en se trouvant à une si faible distance de ces cruels ennemis des blancs. Toute
son attention se porta sur les habitations, que les
Peaux-Rouges allaient bientôt atteindre. Les
sauvages disparurent, il jugea qu'ils avaient dépassé les habitations, ou qu'ils étaient entrés de-
dans.

— Tom, regarde bien dans l'espace vide entre
la forêt ; y vois-tu rôder quelques Peaux-Rouges ?

Tom promena quelque temps ses regards dans
cette étendue, que les yeux de Fritz exploraient
aussi. Ils n'y découvrirent aucun sauvage.

— Ils ne soupçonnent pas que nous sommes si
près d'eux, dit Fritz. Reste ici, Tom, je vais
courir au fleuve prévenir de la présence des
Peaux-Rouges. Observe bien tout ce qui va se
passer, et si tu les voyais venir de ce côté, tu
viendrais en hâte nous prévenir.

Il se laissa glisser le long des lianes, et prit
rapidement la route du fleuve, suivi de Job et
des chiens, qui pourraient, par leurs aboiements,
attirer les sauvages.

Quand il arriva, les trois chariots étaient
montés sur leurs roues ; tout ce qui devait être
transporté se trouvait à terre. La nouvelle qu'il
apportait jeta l'alarme dans tous les esprits.

On se remit avec ardeur au travail ; les chevaux furent attelés, et le convoi défila vers la
clairière. Il était composé de vingt-cinq hommes,

en y comprenant les esclaves; le patron laissa dix hommes à bord du bâtiment, qui alla s'ancrer à plus d'une portée de fusil derrière une petite île qui le couvrait.

Le convoi s'avançait assez rapidement, et déjà plus d'un demi-mille était parcouru quand Tom arriva tout essoufflé.

— Le feu brûle les maisons, dit-il ; ils vont aussi brûler les champs de maïs. J'en ai vu qui y couraient avec des tisons enflammés.

Le patron regarda la cime d'un arbre plus élevé que les autres.

— Le vent vient de leur côté, dit-il, il nous poussera la fumée. C'est un bonheur. Gagnons la plaine.

La prévision du patron ne tarda pas à se réaliser : de gros nuages de fumée apparurent dans le lointain ; le vent était faible, et les approches du soir, en rafraîchissant l'air, ramenaient doucement la fumée vers la terre ; elle avançait en grosses masses vers la lisière où ils se trouvaient. Dès qu'ils débouchèrent dans la plaine, elle était tellement couverte de fumée, que les Peaux-Rouges, à moins qu'ils ne se dirigeassent de leur côté, ne pouvaient les découvrir.

Un bouquet d'arbres se trouvait à deux cents pas du lieu où ils s'étaient arrêtés : le patron envoya le reconnaître, puis y fit diriger les chariots. Ils furent établis dans une position qui couvrait les trois côtés du campement à établir, le quatrième était abrité par les arbres; les chevaux, placés au centre du campement, furent attachés à des pieux. Quoique le soleil fût sur son déclin, on éleva avec une prodigieuse activité un retranchement entre les chariots, et on obstrua de branches et de buissons les passages libres entre les arbres, et quand la nuit s'étendit sur la forêt et sur la plaine, les émigrants se trouvaient à l'abri d'un coup de main.

Henrick et ses fils, y compris Fritz et leurs quatre noirs, eurent la surveillance des chariots. Le docteur demanda à leur être adjoint, mettant sa suite à la disposition du patron. Le reste des hommes fut désigné pour la défense des petits retranchements. On ne mit aucune sentinelle en-dehors, l'odorat des chiens découvrirait l'approche des Peaux-Rouges. On prit de la nourriture sans allumer de feux, et l'on tint conseil.

Le patron inspirait la plus grande confiance. Voici ce qu'il dit :

—Les Peaux-Rouges n'ayant trouvé aucun habitant ont incendié les bâtiments et les récoltes; j'en conclus que les hommes de l'établissement, prévenus de l'irruption de leurs ennemis, se sont retirés dans le second établissement, plus considérable, et autour duquel les sauvages convertis ont établi leurs demeures. Ce second établissement est fortement défendu par des fossés, des murailles de terre et des troncs d'arbres. Il possède une église, un prêtre catholique et une po-

pulation assez nombreuse : en outre, il est défendu par un ancien militaire français qui s'est
fait respecter des Sioux et des Comanches, les
plus cruels des sauvages qui habitent la rive
droite du fleuve. Quand nous connaîtrons la direction prise par les sauvages, nous nous règle-
rons sur les circonstances qui naîtront de cette
direction. Si les Peaux-Rouges vont attaquer le
second établissement, ils seront obligés d'en faire
le siége à leur manière, car il est à l'abri de toute
surprise. Voici ce que nous avons à faire : élever un fort en terre où nous transporterons nos
deux petits canons, dix hommes pourront y
tenir contre tous les sauvages répandus dans
la contrée, leurs incursions ne sont pas de longue durée ; puis nous irons, au nombre de quinze
hommes, bien armés, au secours du second établissement.

Ce plan ne trouva pas d'opposants ; il fut ac-
cepté, en laissant au patron le soin de le diriger.
La nuit était déjà avancée quand, après avoir
pris toutes les précautions pour la garde du campement, les émigrants, accablés de fatigue, se
livrèrent au sommeil. Fritz se trouva désigné
pour la première veille de la nuit. On ne pouvait
séparer Fritz de ses deux aides-de-camp : Tom
et Job se trouvaient donc de garde avec lui.

— Il me semble, dit Fritz, que nous sommes
assez de deux pour surveiller... nos chiens sen-
tiraient les Peaux-Rouges à plus d'un mille. Si

l'un de vous deux, dont la peau est noire comme la nuit la plus noire, s'avançait vers l'établissement, il saurait ce que sont devenus les Peaux-Rouges.

— Master Fritz, répondit Tom, qui pouvait seul s'entretenir avec lui (Job avait le crâne trop épais pour le comprendre), nous sommes ici à notre poste, nous ne pouvons le quitter. Si le docteur, qui ronfle dans ce chariot, voulait vous remplacer, nous ferions tous les trois une jolie reconnaissance. Voyez, master Fritz, la fumée se rabat sur la plaine ; la lumière se lève là-bas, là-bas, derrière les forêts. Nous marcherions dans la fumée et surprendrions les Peaux-Rouges.

Ce projet presque audacieux convenait trop au caractère entreprenant de Fritz pour qu'il ne l'adoptât pas. Il éveilla doucement le docteur, lui demanda de prendre sa place de sentinelle et de réveiller deux de ses serviteurs qui dormaient sous le chariot.

Le docteur, à demi endormi, comprit que son heure de veille était venue : sans faire d'objections, il alla prendre le poste de Fritz avec deux de ses serviteurs.

Voilà notre aventureux jeune homme en chemin dans la plaine, avec ses deux noirs.

— Arrêtons-nous un instant, dit Fritz, et entendons-nous bien.

Ils s'assirent sur un tronc d'arbre.

— Voilà, loin devant nous, un feu qui s'éteint :

ce sont les bâtiments de l'établissement qui achè-
vent de se brûler. Ici, sur la droite, s'élève une
épaisse fumée : ce sont les maïs, qui ne brûlent
que difficilement et sans flamme. Je ne vois point
les feux que les Peaux-Rouges allument souvent
la nuit... où sont-ils campés? Proposez cette question à Job... nous ne sommes pas trop de trois
pour la résoudre.

Ce furent les paroles adressées par Fritz à ses
deux compagnons.

— Bien compris, master, dit le silencieux Job.
Moi aller voir, vous venir après.

Et, sans attendre la réponse approbative, le co-
losse Job prit sa carabine sous le bras et partit à
grandes enjambées.

— Il fait trop de bruit en marchant, dit Fritz à
demi-voix.

— Laissez faire Job, dit Tom, il a l'instinct du
chien. Job est prudent.

Ils se mirent à le suivre. La clarté de la lune
traversait la couche de fumée, à laquelle elle
donnait les teintes blanchâtres des nuages. De
temps en temps ils découvraient le grand corps
de Job dans un point éclairé, puis il disparaissait
dans la sombre fumée : il gagnait du terrain sur
eux. Fritz sentit qu'il avait commis une faute en
ne donnant point de signal de ralliement. Il voulut rejoindre Job, et pressa le pas. Ils le trouvèrent couché sur le ventre et rampant comme un
serpent.

— Demande-lui s'il a découvert quelque chose, Tom.

Job avait entendu le trot d'un animal sorti de la forêt, et se rendant dans la plaine.

— Pas Peaux-Rouges, dit-il.

Il allait se remettre en course, quand Fritz l'arrêta.

— Job, nous ne pourrons pas nous rejoindre au milieu de cette fumée, si nous nous écartons les uns des autres.

— Là, à droite, le champ de maïs, tout noir de fumée. Moi y revenir et miauler comme un chat.

Il s'éloigna encore, mais avec précaution. Fritz et Tom se dirigèrent vers la droite. Ils ne pouvaient pas trouver un abri plus propice : du milieu des maïs, qui brûlaient lentement, s'élevait un tourbillon de fumée épaisse que le vent poussait vers le point du terrain qu'ils occupaient.

— Mais, Tom, nous agissons mal en laissant Job s'exposer seul au danger.

— Non, master Fritz, non; Job saura où il se trouve et reviendra nous avertir. Les Peaux-Rouges dorment; ils se croient seuls dans le pays; ils ne mettent pas de sentinelles : Job sentira les chevaux avant de les sentir eux-mêmes.

— Comment cela, Tom?

— Les chevaux se couvrent de sueur, master, les Peaux-Rouges jamais.

— La fumée m'étouffe, Tom.

— Couchez-vous à terre, master Fritz ; voyez, elle n'y descend pas.

Il s'y étendit lui-même. Fritz en fit autant, et se trouva soulagé, car la chaleur du sol, entrant en équilibre avec la fraîcheur de l'air, enlevait lentement les masses de fumée et produisait un vide au-dessus de sa surface.

Ils passèrent dans cette position plus d'une heure, sans que Job fît entendre le signal convenu.

— Les Peaux-Rouges l'ont tué, Tom... il tarde trop à revenir !

— Non, master, Job a une bonne carabine et un poignard, et Job a la force d'un buffle. S'il eût été attaqué, nous aurions entendu le bruit de sa carabine. Job aura trouvé la piste des Peaux-Rouges.

— Mais, Tom, s'il était tombé dans une embuscade, ils l'auraient assassiné sans qu'il pût se défendre.

— Job sent aussi bien que le chien Rumph. Il sentirait les Peaux-Rouges à cent pas de distance.

A l'instant même, ils entendirent des miaulements de chat, puis le grand corps de Job, enveloppé de fumée, apparut.

Job avait poussé sa reconnaissance jusqu'aux bâtiments ; les Peaux-Rouges s'étaient campés derrière pour se mettre à l'abri de la fumée ; il avait compté leurs feux, dont les bâtiments leur cachaient la vue. Il jugeait qu'ils devaient être très nombreux. Voilà tout ce qu'il put leur apprendre.

— Hâtons-nous de retourner au campement, dit Fritz ; il ne faut pas les attirer sur nous avant que nous soyions en état de les bien recevoir.

Une demi-heure après, ils rentraient au milieu des chariots. Le patron était fort inquiet de leur absence, dont il s'était aperçu en relevant les premières sentinelles.

Fritz lui fit son rapport.

— Vous nous rendez un grand service, jeune homme, dit le commandant, mais sachez que dans les forêts, moins qu'ailleurs, il ne faut pas disposer ainsi de la surveillance qui vous a été confiée. Si vous étiez tombés dans un parti de Peaux-Rouges, vous étiez perdus, et vous nous perdiez peut-être. Tout est pour le mieux. Silence, et allez vous reposer.

Quand Fritz s'éveilla le matin, le soleil, depuis longtemps, était monté sur l'horizon, et beaucoup d'ouvrage se trouvait fait. Les deux petites pièces de canon avaient été transportées du bord au campement, et un fossé intérieur, dont les terres se trouvaient rejetées en-dedans, offrait une défense de plus au campement. Tout s'était fait avec ordre et sans bruit ; le sommeil de Fritz n'en avait pas été troublé.

— Jeune homme, lui dit le patron, vous aimez les aventures ? je vais vous offrir l'occasion d'en avoir une qui nous sera profitable à tous : il faut que nous donnions aux Peaux-Rouges une leçon qui reste dans leur mémoire et qui les dégoûte de quitter le haut Mississipi pour venir nous inquiéter. Vous êtes à peu près à l'abri de la balle, les Peaux-Rouges ne peuvent nous envoyer que cela. Sortez avec six hommes et allez vous montrer dans la plaine... les sauvages sont encore dans les habitations. Ecoutez bien ce que je vous dis : dès que les Peaux-Rouges vous découvriront, ils se lanceront sur vous; battez en retraite, en leur tuant le plus de monde que vous pourrez; il y a déjà trop de cette vermine de ce côté du fleuve : ne vous laissez pas couper la route pour vous replier sur nous. Point d'entraînement, jeune homme; c'est une manœuvre qui nettoiera le pays de ces gens, si elle est bien exécutée. Allons, partez ; vous devez avoir tous les semblants de chasseurs qui tombent dans un parti de Peaux-Rouges.

Fritz, ses deux aides-de-camp et trois hommes de l'équipage, sortirent du campement. La journée était belle : le soleil, sans nuages, inondait la plaine de ses rayons; le vent du matin avait dissipé la fumée ; sauf les champs de maïs, tout offrait une magnifique verdure. Les Peaux-Rouges fouillaient encore l'établissement.

Le petit peloton s'avança jusqu'aux champs de

maïs : ils ne pouvaient échapper aux regards perçants des Peaux-Rouges. Une dizaine de cavaliers s'avança au petit trot et s'arrêta à portée de fusil du peloton de Fritz.

— Holà ! Tom, cria Fritz, j'ai bien envie de descendre ce cavalier dont la tête est plus ornée que celle d'un paon. Mes amis, prenez chacun votre homme ; je me charge de celui-là.

Il n'avait pas cessé de parler qu'il vit ses cinq compagnons étendus à terre sur le ventre et qu'il entendit une décharge des Peaux-Rouges.

— Vous tirez trop haut, messieurs des forêts, vos balles sifflent au-dessus de ma tête. Voyons si la mienne sera plus juste.

Il ajusta celui qu'il s'était réservé, et à l'instant où son coup partait, cinq autres retentissaient et trois Peaux-Rouges tombaient de cheval. Le but qu'avait visé Fritz était atteint : le sauvage à la tête ornée de plumes venait de tomber.

— Sept contre six, la partie est égale, dit Fritz en rechargeant sa carabine, laissez venir.

Il se tenait seul debout. Les Peaux-Rouges lancèrent leurs chevaux et furent sur les colons en un instant ; deux tombèrent sur Fritz, mais Job et Tom se trouvèrent debout près de lui. Job saisit un cavalier par la cuisse, l'enleva de son cheval, le lança à terre et lui brisa la tête d'un coup de crosse. Tom fit sauter la cervelle du second. Fritz, un instant étonné, vit un troisième ennemi qui tournait bride ; il le tira, le coup

l'atteignit au côté ; un instant il chancela sur son
cheval, puis tomba lourdement à terre. Ses compagnons venaient d'être aussi heureux. Deux
seuls Peaux-Rouges regagnaient au grand galop,
et courbés sur leurs chevaux, le gros des sauvages.

— Prenez ces chevaux, Tom.

Il était plus facile de le dire que de les prendre : lors de la chute des cavaliers, les chevaux
étaient restés, la tête penchée sur leurs maîtres ;
mais quand Tom et Job voulurent les saisir, ils
se mirent à caracoler et à tourner les derrières
pour ruer.

— Là, là, dit Job en se jetant à la tête de l'un
d'eux, un cheval peut se dompter, puisque les
Peaux-Rouges le domptent.

Le prenant par les deux oreilles, il lui fit
courber la tête. L'animal, vaincu, n'offrit plus de
résistance. Job l'amena en riant. Mais il ne s'a-
gissait pas de rire ; une cinquantaine de Peaux-
Rouges arrivaient au galop.

— En retraite ! en retraite ! cria Fritz.

Job sauta sur le dos de son prisonnier le cheval, mais il faillit lui en arriver malheur. Malgré
ses efforts, l'animal l'emportait vers les Peaux-
Rouges. Le noir lui enfonça son poignard dans la
partie qui joint l'épaule au cou, sauta à terre et
accourut vers ses compagnons. Ceux-ci se jetèrent encore à terre, et firent une nouvelle décharge de leurs carabines : les Peaux-Rouges y

répondirent sans succès ; Fritz restait seul debout ; sa cuirasse le préservait des balles.

Tout-à-coup les Peaux-Rouges s'arrêtèrent : ils venaient de découvrir les chariots. Fritz et ses compagnons en profitèrent pour se rapprocher du campement. Pas un seul homme n'en était sorti. Quand ils se virent à portée de fusil, ils firent halte, chargèrent leurs armes et envoyèrent une décharge aux sauvages. Un instant après, ils se trouvaient dans le campement.

Tout se trouvait en état de recevoir l'ennemi. Il s'avança à portée de fusil, caracolant dans la plaine, mais sans ordre. Soudain il s'arrêta, les cavaliers se mirent en cercle. Ils tenaient conseil. Peu après, ils prirent une espèce d'ordre et s'avancèrent en trois groupes distants l'un de l'autre de vingt à trente pas. Celui du milieu pouvait être composé de soixante cavaliers. Pas un homme du retranchement ne se montrait. On eût dit qu'il était abandonné. Les Peaux-Rouges avançaient lentement, en assez bon ordre : il paraît que le silence du camp les inquiétait. Après un instant d'hésitation, ils firent une décharge générale sur les chariots. Tous les hommes se trouvaient à l'abri des petits retranchements. On n'y répondit point. Enhardis par ce silence, ils poussèrent leurs chevaux en avant et arrivèrent à une demi-portée de fusil.

Les deux canons envoyèrent une grêle de mitraille dans le bataillon du centre, et des carabines lancèrent leurs balles sur les deux ailes des Peaux-Rouges. La déroute fut générale ; on ne vit dans la plaine que des cavaliers isolés fuyant de toute la vitesse de leurs chevaux dans toutes les directions. Ils laissaient beaucoup de morts et de blessés ; les émigrants n'avaient pas perdu un seul homme, pas un des leurs n'avait été blessé.

Dix noirs se réunirent sur le champ de bataille et achevèrent sans pitié les blessés. Ils obéissaient au patron.

— Nous pouvons maintenant aller en avant, dit celui-ci ; voyons dans quel état ces démons ont laissé l'établissement ; nous ne les reverrons plus : la leçon est assez forte pour qu'ils en profitent.

Les chariots se mirent en route, et on eut bientôt atteint les ruines de l'établissement. Les poutres brûlaient encore ; les toits avaient été incendiés, mais les palissades, composées de pieux et de terre, n'avaient presque pas souffert du feu. On se mit sur-le-champ à éteindre les restes de l'incendie, à jeter les charbons et les cendres au-dehors, et à réparer les palissades. Tous les gros meubles se trouvaient conservés. Les Peaux-Rouges les avaient entassés dans la cour, mais, sauf les toitures et quelques pans de mur, les habitations pouvaient encore servir de refuge temporaire, en rétablissant les parties consumées.

VI. — Les Peaux-Rouges reparaissent. — Attaque de nuit repoussée. — Exploits de Job. — Il gagne dix dollars.

Dès le matin, tout le monde se mit à l'ouvrage. Les palissades furent garnies à l'extérieur de la terre tirée du fossé qu'on creusa, les six habitations rétablies et entourées, du côté de l'entrée, d'un fossé profond. Ce travail dura deux jours. Le patron leur dit alors :

— Vous pouvez vous établir ici, maître Henrick, faire venir vos femmes, et braver les attaques des Peaux-Rouges. Je ne pense pas qu'ils soient tentés de revenir là où ils ont éprouvé un si rude échec. J'ai compté plus de trente cadavres sur la plaine, maître Henrick, et c'est une dure leçon que ces sauvages ont reçue : je suppose qu'ils se sont retirés vers le haut Mississipi, et qu'ils ne reviendront pas de sitôt.

Un détachement partit avec deux chariots pour aller chercher et les femmes et tout ce qu'on n'avait pu emporter dans le premier convoi. Quand tout fut installé dans l'établissement, le patron, avec le docteur et les hommes de son bord, se dirigea vers l'établissement principal, situé à deux journées de marche au-delà.

La population de l'établissement réparé se composait de neuf hommes et de trois femmes. Ils se trouvaient approvisionnés pour trois mois, et si, comme ils l'espéraient, les anciens habitants y revenaient avec leurs bestiaux, le nombre d'hommes serait suffisant pour repousser toute agression des Peaux-Rouges. Ils pourraient alors reprendre leurs travaux et se livrer à une culture très productive.

Le convoi était parti le matin. Fritz, que les derniers événements avaient mis en évidence, se trouvait un petit personnage et il méritait de l'être.

— Il nous reste ici quatre chevaux, père, dit-il à Henrick. Il faut que nous allions dans les maïs, tous ne sont pas consumés ; nous y trouverons de la nourriture pour ces animaux : nous ne connaissons point encore assez le pays pour les envoyer aux pâturages.

Fritz donnait un bon conseil ; la plupart des épis de maïs avaient été atteints par le feu, mais pas assez pour en être consumés. Ils y trouvèrent donc un aliment fort usité en Amérique, chez les colons, des épis grillés que l'on mange comme du pain. Les chevaux avaient aussi leur part, et ils purent reconnaître le pays avant de les envoyer dans les pâturages.

Déjà une semaine s'était écoulée, depuis le départ de Jones, le patron, pour le principal établissement : autour d'eux tout paraissait paisible, et les émigrants chassaient loin d'eux toute crainte de danger.

Un soir, Fritz se préparait à revenir au logis. Job était absent quoique les deux chiens fussent autour de lui. Tom donna tous les signaux d'appel ; Job n'y répondait point. Sa force extraordinaire, ses armes, le mettaient à l'abri de toute attaque des fauves. Le signal fut répété : Job ne revenait point.

— Cherche, Rumph ! dit Fritz en montrant les larges empreintes des gros pieds de Job.

L'animal comprit, flaira, et prit une direction latérale à celle où devait se trouver la plaine. Le sol descendait rapidement ; ils se trouvèrent dans une vallée profonde au fond de laquelle une longue étendue d'eau leur offrit sa surface légèrement ondulée par une brise du soir. Rumph s'arrêta, tourna la tête vers Fritz, agita la queue en signe de joie. Job, à quatre pieds, derrière des roseaux, regardait attentivement le lac. Au bruit des pas de ses deux compagnons, il se tourna vivement, et d'un signe expressif leur demanda le silence. Ils s'approchèrent de lui en se courbant, sans prononcer un seul mot ; il étendit la main vers le lac. Il était sinueux, une petite île s'élevait à peu de distance du bord, et dans cet espace, des canots, conduits par des Indiens, se rendaient à l'île.

— Les Peaux-Rouges, master Fritz, dit Tom à voix basse. Ils n'ont plus leurs chevaux.

Fritz observait avec anxiété ; les canots revinrent de l'île chargés de Peaux-Rouges. Ils débarquèrent sur un avancement du sol couvert d'arbres : entre ce point et celui où se trouvaient

5.

placés les trois observateurs, il y avait une élévation de terrain, et au bas, de leur côté, un long
ruisseau qui sortait du lac. Fritz, les yeux toujours fixés sur le lac, était plongé dans de profondes réflexions.

— Master Fritz, dit Tom, retournons à l'établissement et tenons-nous sur nos gardes.

Ils revinrent rapidement dans la plaine, et
lorsqu'ils entrèrent dans le retranchement, Fritz
commanda aux deux noirs de ne point parler de
leur découverte. Il agissait ainsi pour ne pas
effrayer madame Hamburg et ses filles. Il prit
Henrick à l'écart et lui raconta la découverte
qu'ils venaient de faire. Le visage de Henrick
n'éprouva aucune altération ; il demanda à Fritz
le nombre des Peaux-Rouges.

— Je l'ignore, père ; mais s'ils viennent nous
attaquer, après la manière dont nous les reçû-
mes dernièrement, c'est qu'ils se croient en état
de le faire.

Les deux gendres furent appelés, et ne montrèrent, à cette nouvelle, pas plus d'émotion que
Henrick.

Les braves Allemands tinrent conseil, et ne
dédaignèrent pas les deux noirs. Rien n'efface
plus facilement les distinctions de rang que le
danger commun.

— Maître Henrick, dit Tom, les Peaux-Rouges
sont trop près de l'établissement pour ne pas
venir rôder, cette nuit, autour de vous. Si vous

le permettez, Job et moi leur jouerons un bon tour. Nous irons nous cacher sous le grand buisson qui se trouve dans la plaine, sur le chemin que les Peaux-Rouges doivent suivre pour venir ici. Ils enverront quelques-uns des leurs pour nous espionner, reconnaître notre situation. Nous l'enlèverons ou le tuerons. Ce sera toujours un ennemi de moins.

Le projet de Tom pouvait réussir, mais il pouvait aussi mal tourner; et la garnison perdait ainsi deux hommes vigoureux et dévoués. Si Tom était rusé, les Indiens l'étaient encore plus que lui. Henrick balançait donc a donner son consentement. Fritz leva la difficulté.

— Que Tom et Job aillent avec les chiens faire une battue autour des habitations, avec le plus de bruit possible.

— Je comprends, master Fritz, je comprends; vous sonnerez du cor derrière les palissades. Les Peaux-Rouges nous croiront en fête, ils attendront le milieu de la nuit pour envoyer leurs espions, et Job et moi les enlèverons.

Les deux noirs prirent leurs cuirasses, s'armèrent d'une carabine avec baïonnette, de revolvers et d'un long coutelas. Job voulut prendre la masse de fer qui servait à enfoncer les pieux. A chaque coup il devait broyer un homme. Les voilà courant dans la plaine, en lançant les chiens en avant, et les Allemands, se réunissant à Fritz, firent entendre, aux premières heures de la nuit, un de ces airs que le voyageur entend souvent à l'approche des villages allemands.

Madame Hamburg remarqua l'absence de Tom et de Job.

— Ils ne sont pas éloignés, Charlotte (c'était le nom que cette dame avait reçu au baptême), retirez-vous en paix dans votre appartement et que l'ange du Seigneur continue de veiller sur vous et sur toute notre famille.

— Il y a dans vos paroles et dans le son de votre voix, Henrick, quelque chose qui m'impressionne. Pressentez-vous quelque danger pour cette nuit ?

— Vous êtes une mère courageuse, Charlotte, nos filles sont dignes de vous ; je ne dois pas vous cacher plus longtemps la vérité : les Indiens sont dans notre voisinage ; nous craignons d'être attaqués cette nuit.

Charlotte et ses filles pâlirent ; la réputation de sauvage férocité des Peaux-Rouges leur était connue. La crainte pouvait bien entrer dans le cœur de trois faibles femmes.

— Henrick, dit Charlotte, nous avons assez de force pour manier une arme, et trop de cœur pour vous laisser égorger sans nous défendre. Donnez-nous des armes, indiquez-nous notre poste, et vous verrez, Henrick, que nous sommes de dignes filles de l'Allemagne.

— Prenez les armes qui vous conviendront, et, au premier bruit de l'attaque, si elle a lieu,

montez à l'étage supérieur du bâtiment ; tenez-
vous à l'abri des troncs qui servent d'appui, et
faites sortir des torches allumées qui puissent
éclairer l'intérieur des palissades.

Ils se séparèrent pour aller occuper leurs postes
d'attente.

Un vent assez vif s'était élevé à la tombée de
la nuit ; des habitations on entendait le frémissement des arbres de la ceinture des forêts, et, de
temps en temps, cet indéfinissable murmure qui
traverse les airs dans les solitudes américaines.
Les habitations, plongées dans le plus profond
silence, après les retentissements des cors et des
autres instruments de musique, semblaient ne
couvrir que des hommes ensevelis dans le sommeil. Tom et Job, couchés sous le buisson,
l'oreille tendue, retenaient leur souffle. Leurs
yeux, largement ouverts, rasaient la surface de
la plaine, et, habitués à l'obscurité, y distinguaient les objets à distance. Job poussa son camarade avec le coude et lui indiqua une touffe
de verdure qui remuait : Tom reconnut aussi
que ce petit buisson avançait de leur côté. Ils ne
respiraient pas. Le buisson ambulant passa doucement, doucement, à côté de leur cahutte, et
suspendit soudain son mouvement. Job avait
agité les branches en s'avançant au-dehors du
buisson ; tout-à-coup il bondit sur la touffe de
branches, et se trouva face à face avec un Indien.
Job lui saisit le bras de sa large et vigoureuse

main, l'Indien le frappa d'un coup de couteau en
pleine poitrine; il laissa retomber son bras, dans
sa stupéfaction : le tranchant pointu du couteau
n'avait pas pénétré dans la chair. Job l'enleva de
terre comme un enfant, le jeta sur son épaule,
après l'avoir désarmé. Il poussa un long éclat de
rire, et l'emportait vers l'habitation, quand un
autre Indien s'élança du buisson, mais il trouva
Tom qui l'observait. Tom lui enfonça dans le dos
son coutelas. Il tomba sans pousser un cri. Lorsqu'ils arrivèrent aux palissades, Tom fit entendre
le signal ; la barrière s'ouvrit, et les deux noirs,
chargés, l'un d'un vivant, l'autre d'un mort, entrèrent rapidement.

— Maître Henrick, fermez vite... les autres
sont peut-être derrière nous.

Ils entrèrent dans l'habitation la plus voisine,
allumèrent une torche. Alors, les Allemands re-
connurent la capture des noirs. On entoura le
prisonnier vivant, que Job ne lâchait pas. Il ne
paraissait point disposé à faire de la résistance ;
d'un œil calme, mais qui laissait voir de la curiosité, il examinait les colosses qui se trouvaient
devant lui. Outre leur grande taille, leur corpu-
lence, les cuirasses de liége donnaient encore à
leurs corps une plus grande ampleur. Sa surprise
dura peu ; il fixa ses regards à terre et garda une
attitude superbe et dédaigneuse.

— Lâchez cet Indien, Job, dit Henrick.

Le noir obéit; l'empreinte de sa large main

était marquée sur le bras du prisonnier. Il ne parut pas s'apercevoir qu'il était débarrassé d'une rude étreinte. Tom se mit entre lui et la porte entr'ouverte. Henrick, oubliant qu'il parlait à un Peau-Rouge, lui dit en allemand :

— Que voulait' mon frère, en s'approchant avec ruse de ma famille ?

L'Indien, au bruit de sa voix, le regarda en face, puis reprit sa première attitude.

— Maître, dit Tom en montrant le cadavre de l'autre Indien, celui-là ne reviendra plus, et celui-ci peut revenir.

— Si les Peaux-Rouges viennent nous attaquer, comme cela est très probable, voilà un homme bien embarrassant pour nous, père.

— Job, attachez-le solidement au poteau qui soutient le toit... Soyez, même en le garrottant, animé de charité ; Job, il ne faut pas le torturer.

Job avait penché son grand corps vers la porte. Il semblait écouter. L'aboiement des chiens se fit entendre. L'Indien tressaillit. Fritz seul s'en aperçut.

— Tom, hâtez-vous de garrotter cet homme. Attachez-le solidement au poteau... Aux barricades !

Les hurlements des chiens redoublaient ; chacun courut à son poste.

Entre le fossé, profond de plus de dix pieds, les terres rejetées en-dedans et entremêlées de fascines et de pieux, formaient un mur de douze pieds d'élévation. On craignait peu de ce côté : les deux barrières pouvaient seules être empor- tées. Les deux chiens se lancèrent avec fureur vers celle qui faisait face à la forêt. Job s'y était déjà porté, sa masse de fer à la main. On enten- dit un coup sourd et le bruit d'un souffle puis- sant. Job venait d'assommer un sauvage déjà à cheval sur la barrière.

— Charlotte, cria la forte voix de Henrick, allumez les torches !

La vigilante Charlotte était prête : une longue planche chargée de deux torches s'avança en- dehors de la fenêtre. La cour se trouva éclairée. Aussitôt des coups de feu et de revolver retenti- rent. Le haut des palissades était presque bordé de têtes de Peaux-Rouges ; deux étaient déjà sur le talus intérieur. La carabine de Fritz en abattit un, le coutelas de Tom expédia l'autre. Les trois Allemands tiraient coup sur coup. Soudain un sauvage bondit, on ne sait d'où, dans la cour ; Rumph lui sauta à la gorge, et la lutte s'engagea. Le brave chien allait payer son courage de la vie, l'Indien se disposait à lui enfoncer son cou- teau dans le ventre, lorsque Franck lui fracassa le crâne d'un coup de crosse de fusil. Les barri- cades les plus élevées se dégarnirent ; le fort du combat était à la barrière défendue par Job. Voici ce qui était arrivé : d'un coup de massue déchargé sur un assaillant, il avait enfoncé la barrière et ouvert une brèche à travers laquelle

les Peaux-Rouges se glissèrent comme des serpents. Le vigoureux Job fut heureux d'être à
l'abri des coups de poignard et de coutelas, car
ils pleuvaient sur lui. Il se trouvait au milieu de
quatre Peaux-Rouges qui le frappaient avec une
prestesse étonnante. Sa masse lui avait échappé
des mains ; il saisit un des assaillants par la gorge
et le jeta sur l'ennemi qu'il avait en face. Fritz
arrivait à son secours avec Rumph. Les Allemands gardaient l'autre barrière et le rempart.
Fritz fit feu de son revolver, dégagea Job, qui
ressaisit sa masse et recommença son massacre.
Chaque coup écrasait un ennemi, et Job s'était
échauffé et frappait avec rage.

— Job, criait Tom, ici, Congo !... ici, camarade !... ils vont te massacrer.

Un souffle semblable à celui d'un taureau effa-
rouché annonça le retour de Job. Il était blessé à
la nuque, au visage et aux mains, mais peu profondément ; sa grosse cravate avait amorti le
coup de la nuque.

On alluma des torches sur les fortifications ;
Tom, Job, et trois autres noirs qui s'étaient aussi
bravement battus, sortirent des fortifications,
s'éloignèrent à une certaine distance sans rencontrer d'ennemi. Les émigrants réparaient la barrière rompue par la masse de Job.

Quand ils furent rentrés et qu'on put se reconnaître, on trouva cinq blessés, et les cuirasses
fendues, faussées. Fritz était blessé à la main,

Henrick à l'épaule, et les trois autres noirs er plusieurs parties du corps, mais pas une blessure n'était dangereuse. Tom, qui avait fait vaillamment son devoir, n'avait pas reçu une égratignure. Le camarade de Rumph avait été mis hors de combat. Sept Peaux-Rouges, la tête aplatie, le corps broyé, gisaient à la barrière défendue par Job ; deux autres étaient étendus au-dehors. Le parapet comptait aussi ses morts, tous frappés par les armes à feu.

On rejeta les cadavres dans le fossé ; les émigrants se trouvaient épuisés par la lutte et les émotions terribles. Les dames Hamburg, encore toutes tremblantes, descendirent et pansèrent les blessés. On avait oublié le prisonnier ; lorsqu'on entra dans le lieu où il avait été garrotté, on ne trouva que les liens. En fuyant, il avait emporté un fusil et une hache.

Le repos était nécessaire à tous, mais comment s'y livrer quand un ennemi comme l'Indien est dans le voisinage. Henrick renvoya sa famille, en lui recommandant de se livrer au sommeil.

Il alla visiter les fortifications et s'assurer que le danger s'était éloigné pour le reste de la nuit. Pour éloigner le sommeil, il se promenait à pas lents sur la petite plate-forme derrière les fortifications, livré à des réflexions peu consolantes : depuis le peu de temps qu'il était arrivé dans l'intérieur des terres, il avait déjà repoussé deux attaques des Indiens ; son existence et celle de sa famille allaient être une alternative d'inquiétudes, de luttes sanglantes. Ses enfants lui paraissaient terriblement exposés. Le bon Allemand se sentit pris du regret d'avoir quitté sa patrie. Soudain, un bruit singulier parvint à son oreille : il lui semblait entendre un broiement d'os. Il écoute. Il ne s'est point trompé : ce bruit est positif. Il s'avance sur le haut de la palissade, penche sa tête sur le fossé, mais l'obscurité est profonde, il ne distingue rien ; enfin, il reconnaît, à ne pouvoir en douter, que des bêtes fauves sont occupées dans le fossé à dévorer les cadavres des Peaux-Rouges.

— La destination des animaux carnassiers, se dit-il philosophiquement, est de nettoyer la surface de la terre des cadavres qui, autrement, empesteraient l'air.

Il continua donc sa promenade ; mais Rumph avait aussi entendu le bruit des mâchoires broyant les chairs, il avait senti cette odeur pénétrante que répandent les carnassiers ; il fit entendre un long et lugubre hurlement. Dès que Rumph hurlait, Tom et Job, ses camarades de lit, ne pouvaient pas dormir. Ils furent aussitôt debout, écoutèrent et entendirent aussi le bruit que faisaient les carnassiers à leur festin. Du lieu où ils couchaient au haut de la fortification, la distance était courte. Ils se trouvèrent auprès de Henrick, qui leur recommanda le silence. Job,

aux yeux de lynx, avança sa grosse tête en-
dehors de la palissade.

— Des loups là, et là une panthère. Belle
peau, maître ; elle vaudrait dix dollars.

Il ajustait. Henrick lui posa la main sur le
bras.

— Non, dit-il, la famille dort. Un coup de feu,
en l'éveillant en sursaut, l'effrayerait.

— Dix dollars, maître, dix dollars pour le
pauvre Job !

— Ils mangent de la chair humaine, ajouta
Tom, qui désirait aussi gagner quelques dollars.

La réflexion de Tom fit rougir Henrick. Il
n'avait pas songé que ces bêtes féroces dévo-
raient des cadavres humains. Il passa aussi sa
carabine au-dessus de la palissade, chercha à
distinguer les carnassiers ; ceux-ci, toujours
l'oreille tendue, venaient d'entendre du bruit ;
les dents et les mâchoires cessèrent leur travail ;
les têtes se dressèrent vers le sommet de la palissade. Henrick vit briller leurs yeux.

— Feu ! dit-il.

La triple explosion fut suivie d'un hurlement
affreux. Du fond du fossé bondirent des masses
noires qui disparurent, en hurlant, dans la plaine.

Nos deux noirs voulaient descendre dans le
fossé.

— Non, dit Henrick, le jour va poindre, et
nous verrons s'il y a des morts. Allez prévenir
ma famille de la cause de ce bruit.

Le reste des émigrants arrivait en armes sur la plate-forme.

Fritz, dit Henrick, allez rassurer votre mère et vos sœurs.

Le jour commençait à blanchir les nuages de l'horizon; ils pouvaient distinguer dans le fossé deux corps mourants.

— Moi avoir des dollars, dit Job tout joyeux, la panthère se traîne là, là... Une autre bête, encore, ne peut sortir du fossé... Oh! Tom, à moi la panthère, à toi l'autre.

Tous les regards plongeaient dans le fossé. ils y distinguaient bien quelques corps en mouvement, mais il fallait avoir les yeux de Job pour dire à quelle espèce ils appartenaient. Enfin, tous purent voir la panthère se traîner sur les pattes de devant, et chercher à remonter hors du fossé. Plus loin, un grand loup était étendu sur le cadavre d'un Peau-Rouge, dont la tête était dévorée et la poitrine ouverte. Il n'était pas mort. On voulut les achever.

— Non, non, s'écria Job presque avec effroi; pas gâter la peau.

Il disparut, et un instant après, il se trouvait sur le bord extérieur du fossé. Il tenait à la main une corde avec un nœud coulant. Les yeux sanglants de la panthère se fixèrent sur lui; deux fois il lança en vain son nœud, la bête féroce l'esquivait; une troisième fois, il poussa un cri de joie : le nœud se serrait autour du cou de la

panthère; il tire avec force, s'élance aussitôt
hors du fossé, attire l'animal au-dehors et le
traîne en triomphe dans le retranchement. Un
coup de fusil acheva le loup. Henrick ne réclama
point sa part des dépouilles des morts.

On se hâta de creuser une fosse pour enterrer
les cadavres des Peaux-Rouges; et, après avoir
exploré du regard les alentours, tous les habitants de l'établissement allèrent prendre leur
repas du matin, en se félicitant d'avoir échappé
aux embûches et aux périls de la nuit.

**VII. — Départ de l'établissement pour le fort Saint-Pierre. —
Jones le patron retourne à la Nouvelle-Orléans. — Arrivée
au fort. — Fritz retrouve son père. — Le Père Anselme. —
Récit de Douville.**

Il faut avoir passé par de terribles anxiétés,
supporté des fatigues excessives en repoussant le
danger, pour comprendre le bonheur de la sécurité que goûtaient les habitants de l'établissement. Fritz, s'abandonnant à son caractère bouil-
lant, allait sonner une fanfare de triomphe,
quand les aboiements de Rumph jetèrent l'inquiétude dans tous les esprits. Jamais les Allemands n'avaient saisi leurs armes avec plus de
précipitation. Tout le monde fut prêt, en un instant, à repousser l'ennemi. Rumph redoublait ses
aboiements, Fritz se lança hors de l'habitation,
suivi de tous les émigrants. Il découvrit, du haut

de la plate-forme, un Indien qui cherchait à ouvrir la barrière. Celui-ci aperçut Fritz ; il étendit la main : elle contenait un papier. Dès qu'il fut introduit dans les palissades, il promena ses regards sur ceux qui l'entouraient, puis présenta sa missive à Henrick. Il était le plus âgé, il devait être le chef.

La missive prévenait Henrick qu'un fort parti de Dacothas, poussé par les agents anglais, venait des bords du Missouri ou du haut Mississipi, pour dévaster les établissements américains. Douville lui recommandait de se bien fortifier, de ne point aller dans la plaine, et de faire une surveillance active, surtout de nuit. Il les avertissait que, craignant les résultats des mouvements des Peaux-Rouges, il avait pris le parti d'abandonner l'établissement où ils se trouvaient et de les faire venir au fort Saint-Pierre, où ils seraient en sûreté. Jones, le patron du navire, allait partir avec trente hommes, dont il leur en laisserait vingt pour leur servir d'escorte jusqu'au fort Saint-Pierre. Il terminait en leur recommandant d'enfouir dans le retranchement ce qu'ils ne pourraient emporter, mais de ne pas le détruire.

Ils se mirent au travail aussitôt. Le chariot fut chargé ; les chevaux qui ne le traînaient point reçurent aussi un fardeau ; le reste fut divisé entre les noirs, et on résolut de se mettre en route le lendemain matin. Le messager les en dissuada ; il dit qu'ils pourraient être obligés de changer de route, ainsi que le détachement, et, par conséquent, qu'ils ne se rencontreraient pas, tandis qu'en l'attendant un jour ou deux, l'erreur n'était plus possible. Ce parti fut adopté.

Ils apprirent de l'Indien qu'un village considérable s'était établi autour du fort, qu'il était habité par une population d'Indiens convertis, partie Illinois, partie Seminoles, et une ou deux familles de Chippewais. Cette petite population se trouvait réunie par le père Anselme, que les guerres continuelles des Sioux avaient forcé de quitter leur territoire, et elle vivait en sûreté sous la protection du fort.

Le convoi arriva le lendemain dans la matinée ; il ramenait les deux chariots, chargés de pelleteries. Son escorte était composée de quarante hommes, dont trente Indiens habitant le fort Saint-Pierre. Le patron Jones leur apprit que le docteur, ayant découvert des tumulus dans les environs du fort, s'en était éloigné malgré les avis du commandant, et que, depuis, on n'en avait plus entendu parler. Cette triste nouvelle peina singulièrement les bons Allemands, et leur fit, en même temps, comprendre combien il était dangereux de s'aventurer dans ces contrées encore peu connues et parcourues par les Indiens farouches.

On lui fit le récit de l'assaut que les Peaux-Rouges avaient donné au fort. Il fut émerveillé de la manière dont on les avait repoussés, et pour témoigner à Tom et à Job qu'il appréciait leur courageux dévouement, il leur paya quinze dollars la peau de panthère et celle du loup gris. Le bon Job, à qui revenait la forte part d'argent, partagea généreusement avec son camarade Tom.

Les deux chariots chargés furent envoyés au petit navire et revinrent avec de nouvelles munitions de guerre. Jones retournait à la Nouvelle-Orléans, et laissait aux émigrants deux de ses compagnons, qui, ayant passé une partie de leur vie dans les forêts, leur seraient très utiles dans leur établissement.

Le départ eut lieu dans l'après-midi du jour de leur séparation d'avec le patron Jones. Ils pouvaient aller camper là où les siens avaient campé à leur retour du fort Saint-Pierre, et en réglant bien leur marche, trouver les lieux de halte et de campement préparés par le patron Jones. Leur nombre, leurs armes et la connaissance que leurs guides avaient des forêts, leur assuraient un voyage heureux, s'ils ne rencontraient point un parti trop considérable de Peaux-Rouges.

La pluie tombait doucement, elle détrempait les sentiers et rendait la marche lente et pénible. Ce ne fut donc que fort tard qu'ils atteignirent le campement. Les chariots, placés à une distance convenable, servirent de soutiens aux tentes, que l'on étendit sur l'espace vide, où l'on plaça les chevaux. De grands feux s'allumèrent dans

le voisinage, ou les voyageurs purent faire sécher
leurs habits, faire cuire les produits de la chasse
des flanqueurs, et jeter autour du campement
assez de clarté pour qu'on pût découvrir toute
tentative de surprise. La nuit fut paisible. Dès le
matin, ils se remirent en route. Cette journée
devait être plus fatigante, à cause des bas-fonds,
des vallées et des ruisseaux assez larges qu'il
faudrait traverser. Cependant, ils arrivèrent sans
accident au gîte pour la nuit, s'entourèrent des
mêmes précautions, mais furent cruellement in-
commodés par les moustiques et d'autres insectes
altérés de sang. Un jour et demi devait les conduire au fort, là où tous comptaient sur la sécurité et le repos. Enfin, après avoir traversé
plusieurs cours d'eau, des vallées peu profondes
mais marécageuses, ils entrèrent dans une plaine
sèche d'une aridité qui repoussait toute culture.
Le sol rougeâtre, sablonneux, absorbait les eaux
de pluie au fur et à mesure qu'elles tombaient.
Ils mirent deux heures à la traverser. Une vallée
profonde la bornait au sud-ouest ; les pins, les
chênes, ceux qui portent des glands dont les
habitants font leur nourriture, d'autres essences
d'arbres, la couvraient dans toute sa longueur ;
un abattis d'arbres ouvrait, à travers, une large
clairière : c'était le chemin du fort, chemin dont
les défoncements se trouvaient comblés par des
troncs d'arbres, des branches et des gazons.
Quand ils en sortirent, une grande et magnifique

plaine se déroula devant eux ; et, presque au milieu, vers le nord, une élévation considérable, de
plus de 300 mètres au-dessus du sol, leur apparut
couverte de verdure, du sein de laquelle s'élevaient quelques toits et de nombreuses colonnes
de fumée. C'était le fort Saint-Pierre. Les émigrants y portèrent leurs regards. Là était le
terme de leur voyage, la sécurité et le repos. Un
chemin large, bordé de beaux arbres, conduisait
aux premières habitations. Elles occupaient un
plateau taillé dans les terres, d'environ cent
pieds de largeur. Les habitations, séparées par
des jardins, étaient adossées au monticule, l'espace qui les séparait du bord se trouvait cultivé
et planté d'arbres fruitiers. La partie tournée
vers la plaine était une terrasse avec un parapet,
au-delà duquel, dans le penchant des terres,
croissaient des acacias à triple épine, si serrés
qu'aucun animal n'eût pu pénétrer dans leurs
massifs. A trente pieds au-dessus de ce cercle
d'habitations et de jardins, se trouvait une autre
terrasse ayant la même disposition, des habitations et des jardins. Le penchant du monticule
se trouvait aussi hérissé de plantations serrées
d'acacia à triple épine. A cette seconde terrasse,
le chemin ascendant faisait un coude et conduisait, par une pente douce et circulaire, au sommet du monticule. Ils remarquèrent sur leur pas
sage deux ponts en bois, au-dessous desquels
étaient creusés des fossés profonds où étaient

enfoncés une multitude de pieux aigus. Le sommet se montra uni, couvert de jolies maisons, au milieu desquelles s'élevait une église surmontée d'un clocher et d'une croix en fer doré. Des pommiers d'Europe s'élevaient autour, et contre les maisons, à l'exposition du levant et du midi, on voyait s'étaler les rameaux vigoureux des vignes, des pêchers et d'autres arbres qui demandent des abris.

Les Allemands furent tirés de leur admiration par l'arrivée du commandant de ce fort, qui venait à leur rencontre en compagnie du père Anselme. Ce commandant était le Français Douville, l'ami et l'associé du commerçant Keller.

Il avait dépassé la cinquantaine ; des cheveux déjà grisonnants prouvaient que la pensée avait souvent fatigué le physique. De petite taille, il avait dans ses manières, dans tout son maintien, une aisance, une affabilité qui trahissaient son origine française. Son grand œil noir imposait le respect et la soumission : cet homme était habitué au commandement ; mais, ce qui frappa le plus la famille Hamburg, ce fut une ressemblance si frappante avec le jeune Fritz, que tous la remarquèrent au premier abord. Celui-ci, que ses blessures faisaient souffrir, était encore dans le chariot lors de leur première entrevue ; dès qu'il en fut descendu, et qu'il se trouva en présence de Douville, on eût dit qu'un même sentiment les animait. Ils se regardèrent un instant en

silence, puis, comme poussé par un instinct
secret, Douville prit la main du jeune homme et
lui dit :

— Soyez-le bien-venu, jeune homme!...

Il s'arrêta, puis ajouta :

— Etes-vous un des membres de la famille
Hamburg ?

Il s'exprimait en allemand.

— Je suis le fils d'adoption de mon protecteur
Henrick Hamburg et de ma seconde mère Charlotte Hamburg, répondit Fritz.

Il avait perdu son assurance ordinaire, le pauvre garçon ; la vue de Douville le troublait, mais
ce trouble n'était pas de la crainte ; c'était ce je
ne sais quoi qu'on ne peut définir. Douville lui
jeta un long regard, parut prêt à lui parler, mais,
se tournant vers le père Anselme, que les trois
femmes entouraient, heureuses de trouver un
ministre de la religion après en avoir été si longtemps privées, il lui demanda s'il n'était pas à
propos d'aller remercier Dieu de l'heureuse arrivée des nouveaux colons.

— Ces dames me faisaient la même demande,
répondit le bon missionnaire ; je suis heureux de
voir que vous prévenez mon désir.

Il les conduisit à la petite église, où des actions
de grâces furent rendues à Dieu dans toute la
sincérité des cœurs.

En sortant de l'église, Douville témoigna à

Henrick le désir de l'entretenir. Voici la conversation qui s'établit entre eux :

— Monsieur Hamburg, connaissez-vous l'origine de ce jeune homme que votre famille a adopté ?

— Meinher, répondit l'Allemand, je ne sais qu'une chose : c'est que Fritz est d'origine française. A l'époque de la retraite des Français de la Russie, je servais dans la landwehr allemande. Lorsque les Bavarois et autres eurent tourné le dos aux Français de la Russsie, je songeai à rentrer dans mes foyers. En passant dans un village, je fus touché de la position d'un pauvre petit enfant, qu'un corps français, en pleine retraite, avait laissé après lui. Je le pris sur le chariot où j'étais installé, et l'amenai dans ma famille. Ma bonne Charlotte l'adopta aussi, et depuis, il a grandi parmi nous, où il est regardé comme un membre de notre famille.

— N'avez-vous rien conservé de sa première dépouille ? demanda Douville d'une voix émue.

— J'ai souvent vu les habits qu'il portait lorsque je le trouvai, mais ils sont restés en Allemagne, comme inutiles à notre émigration.

— Quel âge avait cet enfant, monsieur Hamburg ?

— Il pouvait avoir trois ans ; mais il dut tant souffrir dans la retraite, que je puis m'être trompé sur les apparences.

— Ne lui avez-vous jamais entendu prononcer le nom de ses parents?

— Je me rappelle qu'il appelait et demandait souvent sa maman Elisa.

A cette réponse, Douville éprouva une si profonde émotion, qu'il se renversa sur son siége.

— Elisa!... c'est bien le nom d'Elisa qu'il prononçait? demanda-t-il d'une voix tremblante d'émotion.

— C'est ce nom, répondit Henrick. Mais qu'avez-vous, meinher?

— C'est mon fils! c'est mon fils! s'écria Douville. Appelez mon fils!

Il se renversa de nouveau sur son siége, et une rougeur subite remplaça la pâleur qui couvrait ses joues.

Henrick, tout ému, alla chercher Fritz.

— Enfant, je suis ton père, dit Douville en ouvrant les bras.

Fritz, déjà prévenu par Henrick, s'y précipita en pleurant de joie.

— Ah! j'ai trop de bonheur à la fois!... Gustave! mon fils!...

— Gustave! dit Fritz; je me rappelle ce nom; oui, ma mère, une grande belle dame, m'appelait ainsi.

Par un phénomène de réminiscence, Fritz, qui avait oublié le français, prononça ces mots en cette langue.

Passant les doigts dans la chevelure de son fils,

Douville les écartait de son front et le regardait avec un ineffable amour ; de grosses larmes coulaient le long de ses joues. Cette scène attendrissante fut interrompue par l'arrivée de Charlotte. Elle était pâle ; elle s'approcha de Fritz.

— Mon père, lui dit celui-ci en lui montrant Douville.

Charlotte détourna la tête et sanglota.

— Je ne serai plus sa mère, dit-elle.

— Si, si, ma bonne mère ! s'écria Fritz en lui sautant au cou et la pressant entre ses bras.

— Madame, dit Douville avec une imposante dignité, vous ne perdez pas un fils, vous gagnez un cœur reconnaissant de plus.

Le bon père Anselme avait assisté silencieusement à cette scène de reconnaissance.

— Demain, quand vous serez reposés de vos émotions, nous chanterons un *Te Deum* d'actions de grâces au Seigneur, qui a réuni le fils au père dans une contrée si lointaine.

L'excellent homme était trop ému pour se répandre en paroles dans cette circonstance.

Les filles de Charlotte vinrent prendre part au bonheur de celui qu'elles s'étaient habituées, depuis si longtemps, à regarder comme un frère ; leurs maris, ces braves Allemands à qui Fritz s'était rendu cher, se trouvèrent heureux de cette reconnaissance imprévue, et ne virent plus dans le commandant du fort qu'un membre de plus ajouté à leur famille. Tout ce qu'ils avaient vu autour d'eux depuis leur arrivée à la colonie de Saint-Pierre les avait charmés ; mais ils ne savaient encore quelle y serait leur position. Ce qui venait de se passer leur assurait un avenir prospère. Cette reconnaissance fut donc un bonheur pour tous.

Les émigrants sont réunis dans la jolie habitation de Douville, que nous nommerons désormais le commandant. Le père Anselme s'est hâté de s'y rendre, sur l'invitation du chef de la colonie. Celui-ci, fier et heureux d'avoir retrouvé un fils qu'il croyait mort depuis longtemps, et qu'il revoyait presque homme et doué d'éminentes qualités, était dans une de ces situations d'esprit qui est plus que du bonheur ; sa vie n'allait plus être solitaire : cet enfant, en lui rappelant un passé dont il était séparé par bien des traverses et des souffrances, lui faisait une vie plus pleine et qui avait un but au-delà de son existence : le bonheur de son fils. Il va raconter sa vie à son fils, à ses amis, car ceux qui ont adopté et élevé son fils méritent le nom d'amis ; il n'a rien à leur cacher de son passé. Depuis plusieurs années il est lié par l'estime et par le cœur au bon et respectable père Anselme : ils ont formé en commun un projet qui exige leur commun concours. Le commandant se trouve donc, pour ainsi dire, en famille.

« Il faut, mon cher Gustave (Fritz), que tu saches par quel concours de circonstances nous

6

avons été si longtemps séparés l'un de l'autre, et, je puis le dire, ignorant notre existence. Quand l'empereur des Français, Napoléon, entreprit la guerre de Russie, je servais dans l'artillerie en qualité de capitaine : je fis partie de la grande armée que les contingents de l'Allemagne grossirent avant l'ouverture de la campagne. En Pologne, je fis la connaissance d'une famille noble du nom de Dowbriski, et devins le frère d'armes du fils aîné de cette famille. En quittant la France j'y avais laissé ta mère, mon cher Gustave, et toi, qui n'avais encore que deux ans. Ta mère fut une digne femme, mon enfant, son cœur était grand et fort : ne recevant plus de mes nouvelles parce que les lettres étaient interceptées, je ne sais dans quel but politique, elle prit le parti de se rapprocher du théâtre de la guerre, et vint avec toi en Pologne : elle fut accueillie dans la famille Dowbriski comme une amie. Il est inutile de vous raconter les épouvantables désastres de l'armée française : mon récit me transporte, échappé aux effrayantes souffrances du froid, de la faim, hors du territoire russe. Ignorant que ta mère se trouvait en Pologne, je me hâtai de m'avancer vers la France, et rejoignis le premier corps d'armée qui avait pu se reformer après la retraite de Moscou. Les alliés de la France abandonnèrent son drapeau ; les défaites nous accablèrent le long de la marche. Blessé à Leipsick, je tombai entre les mains des ennemis et fus dirigé, avec une foule d'autres prisonniers, vers l'intérieur du pays, et probablement destiné à partager leur sort en Sibérie.

» La profession des armes n'avait point effacé de mon esprit les principes religieux que j'avais reçus dans mon enfance : au milieu des plus grands dangers, sous la torture des plus cruelles privations, j'avais toujours mis ma confiance en Dieu. Cette confiance fut justifiée : un jour, je suivais le convoi délabré des prisonniers, lorsque je fis la rencontre de Dowbriski, mon frère d'armes. Il mit son doigt sur ses lèvres; je le compris. Le soir, arrivé au misérable gîte où nous devions passer la nuit, un officier du détachement me fit conduire à son logement par deux Cosaques : dès que j'y fus arrivé, l'officier s'éclipsa, et je me trouvai en face de Dowbriski. Il me serra dans ses bras, me fit endosser un habit de palefrenier, et nous sortîmes par une porte dérobée. Trois chevaux nous y attendaient. Notre fuite fut rapide; à une certaine distance, Dowbriski me serra encore dans ses bras, me remit une bourse, et me confia à son serviteur. Il retourna à Wilna. Grâce à mon déguisement, nous traversâmes plusieurs corps d'armée qui se dirigeaient vers la frontière; et nous arrivâmes dans les domaines de la famille Dowbriski. Il est inutile de vous dire les poignantes inquiétudes qui me torturaient : croyant que vous étiez encore en France, je voulais y retourner, mais les dangers se trouvaient

tels, que mes généreux hôtes m'en dissuadèrent.
Ils me cachaient même les déplorables nouvelles
qui en arrivaient et le départ précipité de ta mère
lorsqu'elle avait connu les revers des armées
françaises. Ne pouvant résister à mes inquiétudes,
je pris le parti désespéré de rentrer en France.
Mes hôtes y accédèrent avec regret. Vous dire
toutes les ruses, tous les stratagèmes que j'em-
ployai pour atteindre la frontière française, dé-
passerait les bornes d'un récit.

» Quoique j'eusse été renseigné sur ma route
et que j'eusse appris une partie des malheurs et
des humiliations de la France, je ne saurais vous
dépeindre la douleur que j'éprouvai en y arri-
vant. Nous en étions partis au milieu des accla-
mations des populations; j'y rentrais, et le titre
de soldat de la grande armée était un titre à la
proscription. Ma douleur alla jusqu'au désespoir;
la bonté de Dieu me donna assez de force pour y
résister. J'arrivai dans mon pays natal presque
nu, hâve, décharné, et un bâton à la main. Ma
famille m'accueillit, me consola, mais ne put me
donner des nouvelles de ma femme et de mon
enfant.

» Ce fut seulement alors que j'appris qu'elle
s'était rendue en Allemagne avant les désastres
de l'armée française, et qu'elle avait ensuite été
reçue dans la famille Dowbriski. Je crus, alors,
que le silence que cette famille avait gardé à leur
sujet, lors de mon séjour chez eux, était une

preuve que ma femme et mon enfant n'existaient plus.

» Durant quelques jours, je ne sais ce que je fis, quelles pensées m'agitèrent, je n'en ai conservé aucun souvenir. En ma qualité d'ancien soldat de l'Empire, je me trouvais soumis à la surveillance. Cette situation d'esprit se calma enfin ; je résolus de prendre du service. Mes demandes restèrent sans réponses ; je me rendis à Paris. Un grand mécontentement régnait parmi les officiers en demi-solde. J'évitai leur société et multipliai mes démarches pour obtenir de rentrer dans mon grade : on m'accorda une demi-solde, et je voulais l'activité du service ; j'étais devenu impatient, et on m'éconduisit brutalement. Je retournai dans ma famille, rongé d'ennui, irrité, non contre le gouvernement, mais contre l'insolente bureaucratie.

» Le coup de tonnerre qui annonça le débarquement de l'ex-empereur à Fréjus retentit dans toute la France. Cette nouvelle me trouva indifférent : de Moscou à Wilna, j'avais vu le sol, les neiges, couverts de trop de cadavres, tombés de blessures, de faim, de froid ; mais mes importunités m'avaient fait si mal noter que, dans ces temps d'émoi et de suspicion, je devins suspect.

» La royauté succomba, et Napoléon rentra aux Tuileries. Mes demandes étaient dans les bureaux de la guerre. Je fus rappelé et promu à

un grade supérieur. Que vous dirai-je ? j'assistai
à une campagne dont les fastes d'aucun peuple
ne peuvent en relater une pareille. Les balles et
les boulets m'épargnèrent à Waterloo, et je ren-
trai dans mes foyers, accablé des revers de la
France et bien décidé à me retirer à l'étranger.

» Au commencement de 1816, je partais avec
grand nombre d'officiers et de soldats, pour le
Champ d'asile, au Texas.

» Cette colonie n'eut d'autres résultats que de
disséminer les émigrants dans toutes les contrées
de l'Amérique. Une suite d'aventures me conduisit à la Nouvelle-Orléans : j'y fis la connaissance du généreux Keller ; j'acceptai la direction
de ses établissements sur le Mississipi, et j'y
trouverai une existence heureuse, puisque mon
Gustave la partagera avec moi.

VIII. — *Te Deum* chanté dans l'église du fort. — Trois chefs
indiens. — Leur harangue. — Réponse de Douville. — Il
agit sur leurs sens. — Il se rend au feu du conseil des
Indiens. — Deux harangues. — Alliance. — Etablissement
des émigrants.

L'automne approchait, les dernières chaleurs
de l'été étaient dans toute leur force ; le matin,
des brumes intenses s'élevaient des bas-fonds de
la plaine, des masses des forêts, et s'étendaient
en longs réseaux jusqu'aux habitations les plus
voisines du sommet de la petite montagne que
dominait le fort Saint-Pierre et son église au

clocher aigu. Le premier cercle d'habitations se
trouvait noyé dans ce brouillard, et la plaine
offrait l'aspect d'une mer houleuse. A l'orient,
par-delà les forêts, dans un horizon déjà étince-
lant, perçaient les premières lueurs du jour.
Deux hommes seuls paraissaient éveillés dans le
fort : l'un était le veilleur qui se tenait debout à
l'extrémité de la route tournante qui conduisait
au fort. C'était un Indien Seminole ; enveloppé
dans une couverture blanche, et le fusil appuyé
contre le tronc d'arbre qui lui servait de guérite,
il se tenait immobile. A ses pieds était étendu un
grand chien au poil brun, aux oreilles pendantes :
c'étaient les deux sentinelles qui veillaient à la
sûreté du fort. Le père Anselme était l'autre
personnage, il avait été frapper à la porte d'une
petite habitation adossée à l'église . un Indien au
teint cuivré vint ouvrir, remit au Père un faisceau de clefs, et le suivit.

Le père Anselme allait faire sa prière matinale
au pied de l'autel et préparer tout pour la cérémonie d'actions de grâces qui allait être célébrée
le matin même. L'Indien met en branle une
petite cloche, elle sonne l'angelus du matin ; les
habitants du fort sortent de leur sommeil, un
bruit de vie s'élève de la base du fort ; chacun
va reprendre ses travaux ordinaires, mais après
l'angelus les tintements argentins de la cloche
annoncent aux habitants une cérémonie religieuse.

Le commandant désirait cette réunion pour faire connaître son fils à la population de la colonie, et associer cette population aux actions de grâces qu'il allait adresser à Dieu qui le lui rendait.

Le père et le fils paraissent sur la plate-forme, le bras du père est passé autour du cou du jeune homme. Ils étaient tous les deux si heureux ! La famille Hamburg vint les joindre, et ce groupe, composé de cœurs amis et dévoués, s'entretient avec le commandant, qui leur montre les environs du fort, que le soleil, en les inondant de ses rayons, débarrasse de ses brouillards du matin. La plaine offre toute son étendue et ses cultures.

Un sifflement aigu traverse l'air : le Seminole de garde donne le signal d'une découverte. Le commandant l'interroge ; la sentinelle tourne la main vers l'ouest. Trois cavaliers venaient de sortir de la forêt et galopaient vers le fort.

— Chippewais, dit l'Indien.

Un second sifflement, auquel on répondit du cercle des habitations, avertit les habitants de l'approche des trois arrivants. On les vit avancer rapidement ; ils eurent bientôt atteint l'ouverture du chemin ascendant, ils y furent reçus par un des blancs qui résidaient au fort. Quatre Seminoles armés de fusils se tenaient derrière lui. Les chevaux furent attachés à des pieux, et les trois cavaliers suivirent le blanc et les hommes armés. Au second cercle d'habitations, les mêmes for-

malités se répétèrent : le commandant et ses amis
les reçurent à leur arrivée sur le plateau. C'étaient
trois chefs de tribus : ils venaient apporter une
réponse aux propositions que leur avait faites le
commandant.

Introduits dans l'habitation de ce dernier, on
leur offrit la pipe, qu'ils nomment calumet, et
des rafraîchissements. Le père Anselme, qui
parlait la langue de ces habitants des bois, vint à
l'habitation. Alors s'établit la conversation sui-
vante :

— Père à la robe noire, dit le plus âgé des
trois Indiens, rapporte fidèlement à notre père
du fort Saint-Pierre nos réponses à ses propositions. Il nous a fait dire : Vieillards et guerriers
des tribus qui habitent entre le Meschacébé et le
Missouri, je voudrais vous voir former une seule
nation, et que la hache fût à jamais enterrée
entre vous. Au-delà de vos territoires de chasse
existent des peuplades ennemies, toujours prêtes
à faire des incursions sur vous. Divisés, vous
êtes trop faibles pour leur résister, et vous quittez
les terres de vos pères pour vous réfugier dans
les forêts et dans les contrées habitées par les
blancs, qui sont aussi vos ennemis. Si vous étiez
unis, si vous ne faisiez qu'un peuple, vous élé-
veriez sur vos frontières des villages qui vous
mettraient à l'abri des incursions de vos ennemis,
vous formeriez une puissante nation, on vous
craindrait, on vous respecterait, et la prospérité

régnerait dans vos wigwams (habitations). La prospérité vous est assurée si vous adoptez des blancs ce que les blancs ont de bon : la religion et l'agriculture. La religion fera de vous tous des frères ; l'agriculture apportera l'abondance dans vos villages, et jamais la faim ne s'assiéra à votre foyer. Voilà ce que notre père du fort nous a dit, ce que nous avons rapporté aux sages et guerriers de nos nations. Nous venons ici pour vous faire connaître leur réponse. Ils ont dit : Ce que le père du fort Saint-Pierre propose est bon et juste; nous nous rendrons sur le bord du lac des Canards, qu'il y vienne, et nous traiterons, nous établirons une alliance. La hache sera enterrée entre les nations comprises entre le Meschacébé et le Missouri, et nous recevrons les instructions de notre père du fort.

Cette réponse fut agréable au commandant; il fit distribuer des présents aux envoyés et les engagea à se rendre à l'église, où il allait rendre grâce au Grand-Esprit (Dieu) qui lui avait conservé son fils.

Le commandant connaissait trop bien les sauvages pour ne pas profiter de cette occasion. Il voulait leur donner une haute idée de notre religion et des forces dont il disposait.

L'église fut parée avec un luxe inaccoutumé, et le père Anselme prit deux assistants revêtus d'habits de lévites.

La population du fort et de l'extérieur s'éle-

vait à plus de trois cents âmes qui fournissaient
cent vingt-cinq guerriers. Sans négliger la surveillance, il en mit cent sous les armes; son
cortége, augmenté de la famille Hamburg, des
deux hommes laissés par Jones, et des serviteurs
noirs, fut aussi armé de fusils à baïonnettes et de
larges coutelas. Les trois Allemands, d'une taille
bien élevée et revêtus de leurs cuirasses, ne
ressemblaient point aux hommes de ces contrées.
On eût dit d'une race de géants. Le colossal Job
leur fut adjoint avec le souple et intelligent Tom.
Les Indiens n'avaient point encore eu l'occasion
de voir des noirs.

Quand la cloche appela les habitants à l'église,
un roulement de tambours rassembla les guerriers du fort tous armés de fusils avec baïonnettes, couverts d'une tunique de peau tannée
brodée de couleurs rouges; ils prirent leurs
rangs en silence et sans tumulte, et quand le
commandant, au milieu des chefs indiens, se mit
en marche, suivi de son cortége, ayant son fils à
son côté, deux coups de canon retentirent, la
cloche sonnait à pleine volée. Ils s'avancèrent
vers l'église. A la porte le père Anselme, en
habits sacerdotaux, suivi de ses acolytes, les
reçut en cérémonie et se rendit ensuite à l'autel.

Le commandant, les trois chefs indiens et la
suite prirent place sur des bancs en face de l'autel, les trois Allemands et Fritz (Gustave) se
placèrent sur la droite, où Tom avait apporté

leurs instruments de musique. Les guerriers se
mirent en ligne derrière le commandant, et le
reste de l'église fut occupé par la population du
fort.

Un silence grave, profond, régnait dans cette
réunion d'hommes, quand la porte de la sacristie
s'ouvrit et que le père Anselme, suivi de ses
acolytes, s'avança solennellement vers l'autel,
en monta les degrés et s'agenouilla devant le
tabernacle. Au même instant, du côté droit de
l'autel, et derrière un rideau, s'éleva un chant
doux comme celui des anges : c'était le premier
verset du *Te Deum* que chantaient les dames
Hamburg.

Malgré l'impassibilité que les sauvages affec-
tent en toutes circonstances, les trois chefs indiens tressaillirent : aussitôt les instruments
retentissants des Allemands remplirent l'église
de sons graves et puissants qui agirent si fortement sur eux que, chose remarquable, le teint
cuivré des Indiens sembla pâlir, et les muscles de leur visage frémir ; mais ce fut une nouvelle surprise pour eux quand les guerriers, tous
irlandais ou catholiques indiens, répétèrent en
chœur la strophe magnifique du *Te Deum lau-
damus, te Dominum confitemur.*

L'émotion religieuse avait pénétré toutes les
âmes ; quand le son argentin annonça le commencement du saint Sacrifice, on entendit le bruit
uniforme des assistants tombant à genoux ; les

trois chefs indiens se trouvèrent seuls debout. Ils prirent aussitôt cette posture et tinrent constamment les yeux attachés sur l'officiant. Cette pompe, car pour eux c'était une pompe, leur donna une si haute idée du Dieu des blancs, qu'ils oublièrent leur fierté et s'humilièrent.

Au sortir de l'église, le commandant leur ménageait une autre surprise, pour leur donner une haute idée de la puissance de ses armes.

Par son ordre, et durant le service religieux, on avait entassé dans la plaine, à la portée de canon, des troncs d'arbres, mais avec une industrie telle qu'en en renversant un seul tous les autres s'écroulaient. Les deux canons, chargés à boulet, étaient braqués sur l'esplanade. Les guerriers, rangés sur deux lignes à droite et à gauche, se tenaient immobiles, l'arme au bras. Le commandant, sa suite et les trois Indiens, se trouvaient au milieu. Le commandant indiqua de la main aux Indiens le monceau de troncs d'arbres, puis les fit se retirer sur le côté du parapet ; alors se penchant sur les canons il les pointa, et, mettant entre les mains de son fils une mèche allumée, il commanda le feu. Les deux coups se succédèrent rapidement.

A l'éclat des deux détonations les Indiens éprouvèrent un soubresaut involontaire ; jamais ils n'avaient entendu le bruit du canon avant ce jour. Quand le commandant leur indiqua la pile écrasée, ils restèrent muets, autant de surprise que de terreur.

— Mon père, dit le plus âgé, est un puissant guerrier : il peut tuer ses ennemis comme le Manitou (nom donné à Dieu).

Les envoyés indiens se retirèrent, emportant des présents pour les autres chefs, et avec la promesse que le commandant du fort se rendrait à l'assemblée des différents chefs, sur les bords du lac des Canards, deux jours après leur départ du fort. Ils passèrent auprès du monceau abattu de troncs d'arbres, pour reconnaître, sans doute, les effets des boulets.

Il faut expliquer les projets du commandant Douville : il résidait depuis plus de six ans dans ces contrées sauvages, et tout en faisant la traite des pelleteries avec les Peaux-Rouges, il jetait les fondements d'établissements agricoles. Intelligent et actif, il comprit, tout d'abord, que le moyen le plus sûr de réussir était de se faire respecter de ses nomades voisins. Il choisit la position où se trouvait alors le fort pour centre de ses opérations, et comme une place qu'il pouvait rendre inexpugnable. La guerre est l'état habituel des sauvages habitants des forêts, mais c'est une guerre d'embuscade et de surprise. Le commandant étudia les mœurs des petites peuplades disséminées dans son rayon d'opération. Il reconnut bientôt leur faiblesse particulière et forma les projets de les réunir, d'en faire un

faisceau, et de les rappeler à la civilisation par
degrés ; mais il comprit bien vite que le lien le
plus puissant était les croyances religieuses. Une
incursion des Sioux, nation guerrière et nombreuse, en refoulant devant elle les petites peuplades qui vivaient dans les territoires situés
entre le cours supérieur du Missouri et la rive
droite du Mississipi, amena au fort un missionnaire, le père Anselme, autour duquel se grou-
pèrent un certain nombre de familles des différentes petites peuplades, que le Père avait con-
verties à la religion chrétienne. Ce religieux,
d'un esprit élevé, d'un cœur dévoué à sa religion,
fortifia les idées du commandant, et dès lors ils
travaillèrent de concert à cette réunion des
petites peuplades. S'ils parvenaient à les amener
à la religion chrétienne, il n'y aurait plus de
dénomination de nation, mais une véritable nation de frères. Alors ces petites peuplades, for-
mant un corps respectable de nation, pourraient
repousser les Sioux, les tribus des Dacotahs, et
même les farouches Comanches qui passaient
quelquefois le Mississipi et venaient exercer leurs
brigandages dans leurs territoires. Le commandant et son ami, le père Anselme, voyaient donc
leurs projets en voie de réussite, et s'en réjouis-
saient et pour la religion et pour la civilisation.
Déjà le commandant voyait dans l'avenir un état
qui pouvait être incorporé aux états de l'union
américaine et marcher vers la civilisation. Mais

il désirait en éloigner le plus grand élément de
division : la différence des cultes. Il avait déployé
tout l'appareil possible en recevant les chefs
indiens. Il savait que leur impassibilité n'était
qu'extérieure, mais que pas un détail n'avait
échappé à leurs observations ; ils se retiraient
pénétrés d'admiration pour la cérémonie religieuse, et de crainte pour la puissance de ses
armes et l'ordre dans lequel ils avaient vu ses
guerriers. Il fallait qu'il se rendît au feu du
conseil des chefs, ainsi qu'ils nomment leurs
réunions délibératives, avec un appareil propre
à soutenir la réputation que les messagers ne
manqueraient pas de lui faire dans les forêts.
Aussi s'occupa-t-il avec soin de son cortége, en
songeant toujours à mettre le fort à l'abri d'un
coup de main. Tout fut mis en usage pour frapper
les yeux. Quant à lui et à son fils, ils purent
s'habiller d'une manière éclatante pour cette
entrevue ; il mit sur sa poitrine la croix de la
Légion-d'Honneur.

La journée s'annonça brillante quand ils quittè-
rent le fort pour aller au feu du conseil des chefs
indiens ; cependant le commandant, ses amis et
son cortége, jetèrent sur leurs habits des man-
teaux en tissu léger, et se mirent en marche à
travers les sentiers de la forêt. Ils n'arrivèrent
que le lendemain matin au village temporaire
des Indiens ; leur réception fut solennelle comme
celle que font ces nations sauvages dans les

grandes circonstances ; les vieillards et les guerriers se trouvèrent réunis dans une grande cabane
au milieu de laquelle brûlait un immense brasier.

Après avoir placé en bataille les cinquante
guerriers indiens qui l'escortaient, le commandant, avec sa suite, composée de son fils, des
Allemands et de Tom et Job, entra dans la cabane
du conseil. Les vieillards et les guerriers, rangés
en cercle, se levèrent et s'adressant au père
Anselme, qui se trouvait placé à droite du commandant, ils lui dirent :

— Père à la robe noire, dis à notre père du
fort qu'il est le bien-venu, et qu'il accepte le
calumet de paix.

— Nous venons en amis, répondit le père
Anselme, nous fumerons dans le calumet de paix.

La pipe passa de mains en mains ; il y eut un
assez long silence plein de gravité.

— Nous écoutons les paroles de notre père du
fort, dit le même orateur.

Il alla se rasseoir parmi les vieillards.

Le père Anselme leur fit ce discours :

— Sages et guerriers du Meschacébé et du
Missouri, écoutez les paroles du commandant du
fort Saint-Pierre : Quand il vint dans vos territoires de chasse, il vous acheta les terres qu'il
occupe et voulut vivre en paix et en amitié avec
vous, échangeant vos fourrures contre les marchandises dont vous aviez besoin ; il connut votre
position et la déplora, il arrivait en ami. En effet,

vous êtes faibles quand vous pourriez être forts.
C'est que vous êtes divisés, c'est que la hache
n'est jamais enterrée entre vous; vos plus cruels
ennemis sont vous-mêmes. Votre existence est
misérable quand elle pourrait être heureuse.
Votre père du fort comprit tout cela : il voulut
y porter remède. Il vous dit par ma bouche :
Notre Dieu commande aux hommes de s'aimer,
de se traiter en frères, je viens vous parler de
notre Dieu, et je vous convie à le connaître.
Alors vous serez frères, la hache sera toujours
enterrée entre vous, et vos voisins diront : Ne
faisons point d'incursions chez cette nation, elle
est forte et puissante; votre père du fort vous dit
aussi : Dès que vous serez unis, en échange de
vos marchandises, je vous fournirai des fusils et
de la poudre; je vous enseignerai à construire
des forts, à cultiver la terre, et vous deviendrez
une nation respectée de tous vos voisins, vous
serez une grande nation qui n'aura plus à souffrir de la famine. Voilà ce que vous dit votre
père du fort, et aujourd'hui, devant les sages et
les guerriers de vos nations, je vous le répète de
sa part. J'ai dit...

Il jeta un collier au milieu de l'assemblée; un
long et profond silence suivit ce discours; les
physionomies des auditeurs indiens étaient graves
et impassibles. Le commandant et sa suite observant le même silence, conservaient une gravité
égale. Enfin un vieillard, dont la tête était cou-

ronnée de plumes, se leva : son éloquence était connue de toutes ces peuplades sauvages ; son attitude noble, digne, prouva qu'il était accoûtumé à parler aux assemblées indiennes.

— Nous sommes les fils de nos pères, et nos pères ont vécu de leurs chasses dans leurs territoires. La division a régné entre leurs enfants, et leurs enfants ont été faibles : nos ennemis ont ruiné, incendié nos villages ; ils ont emporté la chevelure de nos guerriers et de nos jeunes gens. Nos wigwams ont entendu les sanglots des femmes et des enfants sans protecteurs. Notre race allait à la destruction : cependant nos pères, qui furent de grands guerriers, n'ont donné aucun signe de faiblesse dans les tortures. Pourquoi ne sommes-nous pas comme nos pères, les maîtres paisibles de nos territoires de chasse? pourquoi la famine visite-t-elle nos wigwams? Notre père du fort nous l'a dit : c'est que nous sommes divisés. Il est fort et puissant, il nous offre le moyen de redevenir puissants ; nous l'acceptons, et je jette ce collier comme gage de mes paroles.

Ce petit discours, écouté dans un silence profond, entraîna tous les esprits. Après un court silence donné à la réflexion, les Indiens se levèrent et poussèrent une acclamation de joie sauvage. Les propositions du commandant étaient acceptées.

Le traité d'alliance fut ainsi réglé : les six petites peuplades qui avaient leurs représe-'nts dans cette réunion devaient établir leurs villages dans les positions les plus rapprochées du fort, de manière à pouvoir se secourir en cas d'incursions. Chaque village aurait son terrain de culture et son territoire de chasse : les pelleteries seraient portées au fort Saint-Pierre, et échangées contre des marchandises nécessaires aux alliés. Le commandant veillerait à la sûreté générale, et entretiendrait une troupe de guerriers toujours prêts à entrer en campagne et à se porter au secours de la partie menacée. Le père Anselme placerait dans chaque village des Indiens déjà instruits des enseignements de la religion, et ils donneraient ces enseignements aux habitants de ce village. Aux grandes fêtes religieuses, les habitants seraient convoqués au fort pour assister aux offices divins : enfin la religion du père Anselme deviendrait celle de toute la confédération.

Un dernier article portait que sur dix enfants de chaque village, huit seraient envoyés, durant la saison pluvieuse, au fort Saint-Pierre, pour y recevoir l'enseignement religieux et y apprendre le maniement des armes à feu.

Un grand festin suivit ce traité, et si la cuisine sauvage ne peut pas se comparer à la cuisine européenne, elle brilla d'une manière particulière par l'abondance des mets.

Après avoir échangé des présents, la séparation eut lieu au bruit des fanfares des Allemands, et d'une décharge de fusils faite par l'escorte du commandant.

Le lendemain, ils rentraient au fort, heureux d'un traité qui secondait leurs vues civilisatrices et religieuses.

Un établissement fut installé sur les bords du lac des Canards, dans une position d'une facile défense; les Indiens concédèrent à la famille Hamburg une grande étendue de terrain et une petite île située dans le lac. Une vingtaine de familles vinrent s'établir auprès de la demeure des Allemands et y formèrent un joli village bien fortifié, et qui pouvait résister aux attaques des ennemis. Les terres, toutes situées dans la vallée qui longeait le lac des Canards, se trouvèrent d'une prodigieuse fertilité. N'ayant rien à redouter des peuplades amies, protégés d'ailleurs par le voisinage du fort, la famille des émigrants se livra au travail de la culture : le commandant leur donna des bœufs, des vaches et des moutons envoyés par Keller; ils se trouvèrent donc dans une situation aussi heureuse que celle qu'ils avaient entrevue en espérance en quittant l'Allemagne.

Quant à Tom et à Job, ils demandèrent a rester au service de master Fritz; ils lui donnaient toujours ce nom, sous lequel il avait conquis leur admiration et leur dévouement.

Heureux d'avoir retrouvé son fils, le commandant employa le temps que sa position n'exigeait

pas à instruire son cher Gustave. Il fut admirable-
ment secondé par le père Anselme, qui réunissait
beaucoup de savoir à un esprit éclairé. Douville
avait une trop triste expérience de la vie que
l'on nomme civilisée, pour désirer que son fils
unique en fît une aussi cruelle épreuve que lui.
Placé au centre de l'état sauvage, libre de tous
les actes de sa vie, il préférait aussi pour lui cette
sauvage et primitive indépendance à la servilité
que la civilisation impose presque toujours. Il
voulait que son fils fût homme, confiant en ses
propres forces, et ne reconnaissant d'autres lois
que la loi religieuse, la loi de justice et d'équité.

Les malheurs de Douville en avaient fait un
sauvage policé qui cherchait, au sein des forêts,
une indépendance que la civilisation rend irréa-
lisable. Il était devenu sauvage.

FIN.

TABLE.

—

FIN DE LA TABLE.

Limoges. — Imp. E. Ardant et Cⁱᵉ.

www.ingramcontent.com/pod-product-compliance
Lightning Source LLC
Chambersburg PA
CBHW051548280626
47162CB00021B/1636